紅眼巨人

彭素華◎著
江正一◎圖

評審委員的話

楊小雲：以一則山地傳奇故事帶出祖孫三代的誤會、心結，藉著愛化解心中恐懼，故事性強，文字流暢。

雷僑雲：透過「尚大同，敬小異」的中華文化，我們可以清楚地了解人性是喜歡與志同道合的人做朋友的，誠所謂：「人相知於道術，魚相忘於江湖」。面對曲高和寡、知音難尋的人世，我們應該及早認識自己，確立志向，相信「德不孤必有鄰」，在物以類聚，傳承有得的過程中，

我們可以圓滿人生的使命。如果逃避孤獨，只會讓自己陷溺在另一種孤獨的生活中。

目錄

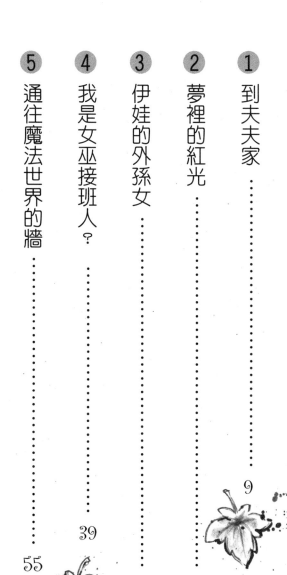

1 到夫夫家

讓我和這個孤僻、古怪、冷漠、無情的老太婆住在一起，別說是一個暑假，就算是一天，我都會發瘋！

我從沒見過像她這麼老，又這麼這麼兇的人。她的個子雖然矮矮小小，但長得黑黑壯壯，在背心下露出的手臂肌肉，像兩顆隔夜饅頭。我有股衝動想去掐掐看到底有多硬，可是，如果你以為我有那個膽，那你就錯了，我寧可去捏爆一隻世界上最噁心的蟑螂，也不敢碰她一下，因為你絕不會相信有人的臉會像她一樣臭。

她的眉頭像打了一百個結，嘴角像吊著千斤豬肉，我敢打賭她大概八百年沒笑過，要不是那兩顆眼珠炯炯有神，簡直讓人以為是座銅像。事實上，當她不用到芒果園工作時，整個人陷在藤椅內，一動也不動，有時我真懷疑她是不是還有呼吸，好想衝過去摸一摸她的鼻子，真怕她突然掛了。

她的話也不多，除了叫我吃飯、做事外，幾乎不多說一個字。我聽過她最多話的一次，是和我媽媽吵架。這件事要從頭說起：

爸爸受傷住院，媽媽必須去照顧他，所以把我和弟弟託

人照顧，原本我和弟弟是要送到姑婆家，可是姑婆說：她們家太小，沒辦法多擠兩個小孩，弟弟可以和她孫子擠一張床，而我是個大女孩了，不方便和男生睡一個房間，所以要媽媽另外想辦法。

說我是個大女孩，其實我才十歲又十一個月不到。我才不稀罕和那些臭男生住呢！房間亂得像被炸彈炸過，腳丫子臭得一百公尺都聞得到，不刷牙、不洗澡，全身灰積可以刮下三公斤，噁死了！就算他們跪下來求我，我也不要跟他們住，但是我還是非常非常討厭被人家推來推去，好像一隻流浪狗，可是我能怎樣，我連說NO的權利都沒有。

沒辦法，媽只好把我送到屏東鄉下的夫夫（vuvu外婆）❶家。

我對夫夫幾乎沒什麼印象，如果我出生，還有還在包尿布時，她來我家也算見過面的話。既然我們不常在一起，她對我這個外孫女當然就沒什麼感情可言。

其實不只對我，就連對她自己的親骨肉——我媽，都沒什麼母愛。據我所知，外公在我媽出生不久便生病過世，夫夫把我媽養到十歲前，便將她送到台北姑婆家寄養，任憑我媽怎麼哭鬧，她都不准我媽回家，就連逢年過節，也都是她北上看我媽。我媽這一離家，就是二、三十年。

我覺得夫夫真的是一個冷酷無情的女人，或許正因為這種關係，我媽遺傳了她的冰冷。

媽媽有著我們原住民特有的亮麗凸出的五官，可是她很少笑。怎麼說呢？她也不是不愛我，只是不善表達感情，有一次我撞破腦袋，血流滿面，她抱著我一邊哭一邊找醫院，嘴裡卻罵著：「怎麼這麼不小心！每次都這樣橫衝直撞。」還有九二一大地震那一次，我根本不知道發生什麼事，睡得跟死豬一樣，後來覺得自己的身體好像騰空飛起，醒來才發現自己掛在媽媽的肩膀上正飛出屋外，而弟弟則掛在爸爸的肩上。我沒被地震嚇死，卻被媽媽嚇得眼睛差點掉下來，沒想到她力氣這麼大可以一把扛起我。地震過後，媽媽面無表情，只淡淡說一句：「你們繼續睡！」我是到隔天才知道死了好多好多人。

對於媽媽的溫柔，印象最深的是小時候，她經常摟著我輕聲哼唱：

咿——喲——嗨——
美麗的蜻蜓滿天飛，美麗的蝴蝶滿山谷
美麗的畫眉在枝頭，美麗的雲雀在跳躍
美麗的公主呀——在我家
嗨嗨喲——
感謝柔和的輕風呀！感謝滋潤的春雨呀！
感謝豐富的山林呀！感謝肥碩的土地呀！
祖靈賜的寶貝——在我家
咿——喲——嗨——
嗨嗨喲——
看那飄逸如風的髮，看那秀麗如虹的眉
看那晶瑩如星的眼，看那柔軟如雲的唇

妳是我永遠心愛的寶貝！

雖然歌聲好遙遠，可是是我這輩子，還有下輩子下下輩子聽過最好聽的歌。我好想她，我好想哭。

哎！說到哪去了。反正就是那一天媽和夫夫吵一架，夫夫見到我們劈頭第一句就是：

「妳知道，我不喜歡小孩子！」她冷冷的說。

「我知道。」媽的臉比夫夫還難看。

「尤其是女孩子！」夫夫說。

「我知道。」媽又說。

「走啦！不要到我這啦！」夫夫把手一揮。她完全沒有看我一眼，好像我是空氣一樣。她又說：「妳也一樣，我告訴過妳，不要再回到這裡啦！」

「妳以為我喜歡來嗎？」媽生氣了。夫夫的話刺傷了她的心，她歇斯底里地尖聲大喊，聲音迴盪在屋裡。

「不喜歡最好！妳最好帶著妳女兒走啦！愛去哪裡去哪裡，反正就是不要來我這啦！」

媽氣得頭上冒煙了，夫夫臉上依然面無表情，她的聲音冷的像冰。

「如果有地方可以把雅娜送去，我會送她來這裡嗎？」

媽嘶吼著。

「就算妳不喜歡小孩子，也可憐可憐她是妳的外孫女，」

媽說著流下了眼淚。

突然間，我覺得自己好可悲，竟像垃圾般被人掃來掃

去，真希望我是個男孩子，真希望我是個大人。看著媽的淚在昏暗的屋內閃著微微的光，我的眼睛也模糊了。

「難道妳要她一個人關在家裡，沒吃沒喝沒人照顧？要不然妳也可憐可憐我，給那（kina母親）❷，我是妳的阿拉克阿法法洋（aljak a vavayan女兒），難道妳忍心看我累死嗎？」媽語氣放軟，雙手掩面輕聲低泣。

從來沒見過媽這樣，頓時有股氣直衝腦門，我有股衝動，好想好想拉著她的手衝出去，然後大聲說：「走！我們不稀罕！」

我終究沒有說出口，因為我不知道：除了這裡，我還能去哪裡？同時我也害怕：留下來，我如何和這個冷酷無情的老太婆相處，往後的日子一定像地獄般。我好茫然，只有陪著媽媽默默垂淚，還有緊咬牙關狠狠地瞪著那老太婆。

「妳回去吧！」夫夫終於開口：「雅娜留下！」

媽鬆口氣。她呆呆地看著我，嘴唇蠕動了兩下，好像想說些什麼可是又不知如何開口，只聽見她喉嚨傳出「咕——咕——」的聲音。好久，好久，她才從牙縫擠出幾個字：「要乖乖聽妳夫夫的話，我會盡快接妳回家。」她摸摸我的臉，轉身離去。我看見她離去的背影，正擦著眼淚。

❶夫夫（vuvu），排灣族人稱祖母為「夫夫」，全名為（vuvu a vavayan）夫夫阿法法洋，法法洋為女人或女孩之意。夫夫真正的意思為長者，代表生命經驗和智慧的來源，而小孩必須將老人的生命智慧傳承下去，所以長者叫小孩，或小孩稱呼長者時，也可以用「夫夫」互稱。

❷給那（kina），媽媽、阿姨、姑姑等都可以稱呼給那。

2 夢裏的紅光

來這以後，有兩件怪事發生：第一件是我眼睛看見紅色炫光的情況越來越嚴重。

其實這已經是老毛病了。第一次是在我十歲生日那一天，眼前突然看見兩點紅色炫光，光點圓如一塊錢硬幣，顏色豔紅如血，忽明忽滅地，帶有懾人心魄的感覺。雖然長這麼大從來沒過過生日，但挑這一天，總令我感到鬱卒。

那時我們正在上體育課，和五年二班比賽躲避球，兩軍對峙廝殺慘烈，突然間出現紅光，我問其他同學，都沒有人看見，那是我眼睛有問題嘍？我好怕是得了「青光眼」什麼的，可是「青光眼」應該是看見青光，我的為什麼會是紅光？或者，我的腦袋長了什麼瘤之類的。反正我越想越害怕。瞬間，紅光中夾著一顆白色球體，那顆白球好面熟，等我想起來已經來不及，躲避球迎面飛來正中我腦袋，差點沒把我打暈過去。躲避球是我最厲害的項目，要不是紅光干擾，我也不會被打到。那該死的簡吉祥，給我等著！

回家後，我告訴媽媽，媽媽卻冷冷地說：「沒關係，別理它，長大就會好。」

「妳怎麼知道長大就會好？」我覺得奇怪。

「我小時候也這樣，現在就好啦！」媽媽說。

「妳確定我的跟妳一樣嗎？妳長到多大才好的？」我問。

「妳真囉嗦！反正沒事就是沒事！」媽不耐煩了。

原來媽以前也這樣！原來這是遺傳！如果是病，為什麼長大會好？如果不是，那又為什麼會這樣？

生日過後，大約每十天到一個月間才會發作一次，每次情況也不一定，有時幾分鐘，有時持續一整天。其實眼睛出現閃光時，並不會感到不舒服，只是很煩很煩，上課沒辦法專心，尤其是上數學課，阿財老師的台灣國語外加噴口水，每次都讓我眼皮沉重，有一次不自覺地數閃光閃了幾下，數到十三時，天外突然飛來一支粉筆，「啪」打中我腦門，果然人家說十三不吉利。我也很討厭看電視受到干擾，最受不了的是那兩個紅點在我的「5566」的臉上一閃一閃，把他們帥呆的臉變成「螢火蟲的屁股」。

來到夫夫家這幾天，眼睛的情況變嚴重了，我想可能是我心情不好的關係。

這又跟我要說的另一件事有關了，我內心深藏著一件恐怖駭人的心事，壓得胸口像堵了一顆大石頭，但我又不知能找誰訴說。

夫夫家是傳統的排灣族石板屋，這種屋子原本就透著神秘的紫黑色，偏偏屋內堆放了一些陶壺和木雕，更顯得陰沉幽暗。

這一夜有股寒氣。白天在芒果園被夫夫操得快死了，躺在床上一身骨頭幾乎散掉。正迷迷糊糊，半夢半醒之間，忽然聽見一個非常非常細微的聲音，雖然山裡的夜晚到處是風聲、蟲聲、蛙聲，但那聲音非常非常特殊，特殊地令我從夢中驚醒。

「哎——」

我一股腦坐起身，「是誰？是誰躲在黑暗裡？」我瞪大眼睛搜尋四周，四周只有黑暗。我用力吞口口水，心想可能聽錯了。

「哎——」

又出現了！這次的聲音真實的就像在我耳邊，雖然我看不見有任何「東西」，但我可以感覺「他」的存在，「他」似乎就在我面前嘆息，吐出一口陰森森的寒氣。這時，眼前的紅光竟也

出現，配上長長的嘆息聲，剎那間，我感到不是眼睛出現紅光，而是一雙紅眼正瞪著我。一股恐懼從我背脊慢慢爬上腦門，遠處傳來狗的哭號，我不由全身發抖。我好想跑到夫夫房間跟她睡，可是我恨她，我不能讓她看到我的脆弱和恐懼。

我把自己縮成一團塞進被子裡，不知過了多久，我覺得自己整個人一直往下沉，然後沉入一片死黑。接著，我獨自一人走在荒野，山丘起伏像暗夜魔女的翅膀，寒風搖撼森林像她扭動的舞衣，發出「殺——殺——殺——」的嗜血聲響，四周的蟲蛙是一片靜默。森林的深處有一條又長又蜿蜒的小徑，我走著，前面突然出現一個孤寂又巨大的身影蹣跚地走著，好奇怪，我並不覺得害怕，我不斷地叫「他」，而且不

自覺地跟在「他」後面。但是，「他」始終沒有回頭，只是放慢腳步，好像故意引導我去某個地方。

我拔腿使勁往前追，一直追，一直追，雖然「他」走得很慢，但我卻離「他」越來越遠，周圍的黑暗迎面撲來……

……。

「雅娜，醒醒！懶鬼！睡這麼久！」

不知道過了多久，便聽見夫夫在叫我！原來是夢，我掙扎起身，我從來沒有這麼想醒卻醒不來的情況，那不是賴床，而是整個人像陷在泥沼裡無法出來，我用力地拔起自己的身體，卻有股力量把我往下拉，我的胸口悶得快爆炸，頭好像有千斤重，眼皮緊緊相黏完全不聽大腦指揮，四肢也是一樣。我好不容易坐起床，發現這麼一個小小的動作竟搞得全身是汗，衣服濕漉漉黏在身上，額頭垂掛著一條一條豆大般的汗珠，胸口一上一下地大口喘氣。

夫夫看我這樣，眼睛瞪得比牛鈴還大。她重重吐一口氣，慎重地對我說：「雅娜，不管妳晚上聽見什麼、看見什麼或夢見什麼，都不要理『他』。」

「妳知道我夢見什麼？」我對夫夫的話感到奇怪。

「我不知道！」夫夫愣了一下，臉上立刻恢復以往的冷漠。

「可是妳剛剛沒問我，就直接說……。」

夫夫打斷我的話：「我沒說什麼，我也不知道妳夢見什麼啦！反正妳快起床，今天果園有很多工作啦！」

我直覺夫夫的話中透著古怪，她一定藏著秘密，而這個秘密和昨夜的聲音有關。

3 伊娃的外孫女

「幫我到街上雜貨店買瓶醬油！」夫夫說。

這是我第一次自己出門，我故意走得很慢，好看看街景。這裡的房子雖然不像台北的高樓大廈，不過大部分已是水泥磚蓋成，不像夫夫家的石板老屋，幾乎可以送到博物館供人參觀了，而且家裡連台電視也沒有，只有一台破舊的收音機，收訊又不好，害我聽蔡依林的〈看我七十二變〉：

「夢裡面，空氣開始冒煙，沙——沙——完美的臉，沙—慢沙

——出現，沙——沙——沙——人定可以勝天，夢想近在眼前，沙——沙——」聽得我的頭都快冒煙了。真搞不懂夫夫，怎麼這麼不懂得進步。

雜貨店門口有一個小棚子，裡面有幾個老人擠在一張破桌子和破椅子上聊天。他們原本聊得興高采烈，有的還誇張地大笑，我一走近，他們不約而同立即閉上嘴，一起瞪大眼睛望向我。

「呀！這是什麼情形！」我伸手摸摸臉：「我臉上有東西嗎？我褲子拉鍊沒拉嗎？」

「這些人怎麼這麼奇怪？沒看過大美女呀！」

我有點不知所措走進雜貨店。「我要一瓶醬油。」我說。

櫃台後一個年紀和我差不多的女孩，抬頭看見我，臉上的表情竟和外面那幾個LKK一樣，令我感到不舒服。她愣了幾秒後，挑挑眉說：「妳是伊娃的外孫女？」

「妳怎麼知道？」我有點防衛。

「因為妳是陌生人。」她雖然把我從頭到腳打量一番，不過眼神裡好奇多於排斥。

「我要一瓶醬油。」我又說。

「聽說妳是從台北來的？」

「嗯！」我敷衍地回答。這女孩真奇怪，好像不在乎我要買什麼。我站在這真有點如坐針氈，背後幾雙眼睛瞪著我，前面又一個莫名其妙的女孩對我打破砂鍋問到底，這時要是有個地洞，我一定二話不說跳進去。

「妳叫什麼名字？妳幾歲？我叫美芙，十二歲！」她閃動著大眼望著我。

裝可愛？真囉唆！我好想掐住她的脖子告訴她：「給我一瓶醬油啦！」

「嘿！妳知不知道，妳應該是我們部落裡的女……。」話還沒說完，背後突然出現一名男子，伸手敲她腦袋一記，她「哎呦！」慘叫一聲。

「妳又囉哩叭唆了！」男子說。

美芙摸著頭，伸伸舌頭走進去。

終於得救，我拿到我要的醬油，但是美芙沒說完的話是什麼意思？我是我們部落裡的女什麼？為什麼大家用怪異的眼神盯著我猛瞧？難道真的只是因為我是陌生人？

充滿疑惑地回到家，一進門，夫夫就用不耐的聲音：「這麼久！」

我不敢多說，趕緊把醬油遞上去。夫夫工作時，我不敢離她太遠，因為她總會隨時叫我幫些小忙，像「拿這個，拿那個」之類的。

我乖乖地站在她身後，看著她粗壯的手臂拿著鍋鏟「嚓——嚓——」炒菜。油煙一團一團地往上竄，把她的額頭燻出一顆顆汗珠，她緊緊蹙眉。

我在想：該怎麼問她？抿抿唇，小心翼翼地開口：「夫夫，雜貨店的女孩說：我是我們部落裡的女什麼的？妳知不知道她在說什麼？」

「拿糖來！」夫夫說。

「嚓——嚓——」「匡啷——匡啷——」炒菜聲好刺耳。

我把糖罐遞給夫夫，又輕聲說：「夫夫，那女孩說……

……。」

「準備吃飯！」夫夫理都不理我。

我知道，夫夫不是沒聽見我說的話，而是根本懶得回答，我只好沉默，用無言和一堆的疑惑配飯，扒進嘴裡，吞進肚底。

4 我是女巫接班人？

昨夜我哭了，因為我又聽見夜半的嘆息聲。

我敢肯定真的有幽靈在房間裡，那個聲音彷彿從遙遠不知名的地方，穿越無盡的黑暗而來，它雖然非常非常細微，但極為清晰，清晰到像千萬支針刺進耳膜，然後在我的腦神經裡穿梭，刺得我頭皮發麻，全身十二萬細胞全揪在一起。

忽然間，我的餘光瞥見牆角有個黑影，「它」張牙舞爪扭動身軀，好像隨時要撲過來，我感到毛骨悚然，會不會是什麼冤魂野鬼纏上我，『他』會不會是披頭散髮，一雙眼睛閃著青光，血盆大口，牙齒尖銳，長長的舌頭垂到胸前，臉色死白泛著淡淡的鐵青，十根指甲尖的像刀？或者會不會長得像九頭怪獸，每一張臉都扭曲變形，其醜無比，然後嘴角還流著濃濃稠稠的口水，準備把我撕開吞進肚裡。當牠們咬碎我的身體，我的耳朵會不會聽見自己骨頭爆裂的聲音？我的眼睛會不會看見自己腸子外流的樣子？

越想越害怕，我好想尖叫，可是喉頭像被人掐住一般，任憑怎麼用力都喊不出任何聲音，全身抖得快抽筋，時間一分一秒過去，我因為長時間的顫抖幾乎虛脫。等了好久，「他」似乎沒有抓我的打算，我稍稍側頭偷看：哎！老天！原來不是鬼魂，根本只是樹影。

這時，嘆氣聲也停了，我鬆了一口氣。

恐懼之後，忽然有股重重的悲哀襲上心頭：為什麼我有家歸不得？為什麼我寧可忍受恐懼也不敢向夫夫求助？為什麼她這麼冷酷無情？為什麼？為什麼？為什麼？我哭了一夜……。

天一亮，我衝出門，獨自跑到草坡的大樹下。放眼望去，山青草綠連成一片，昨夜的露珠把大地洗得清亮，青青草原在微風中搖曳，扭動纖纖細腰，空氣裡有股清新的氣味和淡淡的花香。這樣的景色真美，但景色越美，我越感到寂寞。

不知過了多久，突然有人從背後拍我一下：「嗨！伊娃夫夫的外孫女，妳怎麼會在這？」她露出陽光般的笑容。

我無心搭理，我心情不好，不想理任何人，更何況是個「陌生人」。

「妳怎麼不說話，」她低頭看我，還露出膩死人的甜笑：「妳心情不好，是不是？妳的眼睛腫得像麵包一樣，妳哭過喔？」

「要妳管！」我真的覺得她好煩。

「是不是想妳媽媽？」

「我說不要妳管！」我生氣了。

「好嘛！不管就不管！」

這女孩真奇怪，我對她這樣說話，她還可以保持一樣的笑容，有什麼好這麼開心的，我敢打賭：她的神經八成少一條。

「嘿!我帶妳看一樣東西。」

沒等我答應,她逕拉著我的手,我被扯著只好站起來,跟著她繞到大樹後。她指著樹幹上一個模糊的雕刻圖案說:「妳知道這是什麼嗎?」

我搖搖頭。這個圖案已經斑剝的看不清楚,況且這個時候我根本沒心情研究什麼圖案不圖案的。

「妳看,中間刻的是兩個女孩手牽手,她們的外圍這一圈是百步蛇。」她停頓一下繼續說:「妳知道這兩個女孩是誰嗎?妳知道這個圖案代表什麼意思嗎?」

我又搖搖頭。

「這兩個女孩，一個是妳夫夫──伊娃，一個是我姑婆──沙佳露絲。五十年前她們兩人就在這裡，在樹神的見證下結為異姓姐妹，生生世世永不相棄。」

「沙佳露絲，我們兩人從小一起長大，感情這麼好，我們結拜爲姐妹好不好？」伊娃說。

「眞的嗎？可是，妳是我們部落未來的女巫，女巫就是貴族，高高在上，而我只是個平民，怎麼能跟妳高攀？再說，我們現在還小，妳可能喜歡跟我玩，等妳長大了，妳還會理我嗎？」沙佳露絲說。

「妳胡說什麼！」伊娃牽起沙佳露絲的手：「誰說女巫就不可

以和妳做姐妹？我不但要和妳結拜，我們都喜歡孩子，我們約好長大結婚以後每個人要生十個孩子，同性就讓他們結爲兄弟、姐妹，異性就讓他們結爲夫妻。這樣妳的孩子就是我的孩子，我的孩子就是妳的孩子。哪還有什麼貴族不貴族呢！」

沙佳露絲露出靦腆的笑容，她的笑容在陽光下閃閃發光。

嗨咿哇啦嘿——
我們的山呀，
我們的河呀，
我們的感情如山河般永久呀！
嗨咿哇啦嘿——
我們的日呀，

我們的月呀，
我們的感情如日月般光明呀！
嗨咿哇啦嘿——
樹神為證呀，
祖靈為誓呀，
我們的感情生死永不渝呀！
我們的感情生死永不渝呀！

「原來我夫夫和妳姑婆有這一段淵源？」我望著樹幹發呆，開始有點興趣了，對美芙也不自覺有些好感。
「沒錯！」美芙說。

「這百步蛇圖案是幹嘛的？」我問。

「妳不知道我們排灣族是百步蛇的子民嗎？」美芙驚訝的表情搞得我有點慚愧。

「很久很久以前，太陽神在太武山頂，降下兩顆一紅一白的蛋，命令百步蛇保護它們。後來這兩顆蛋孵出兩條蛇，一公一母，這兩條蛇的後代就是我們排灣族貴族的祖先，至於平民的祖先是一條青蛇。」❶美芙繼續道：「也有另一個傳說：從前有另一族的人，趁我們族人出草時想來偷襲我們的村落，沒想到，一進村子就被許多百步蛇通通咬死。族人回來，發現這些屍體，非常感謝百步蛇，從此以後世世代代奉百步蛇為守護神。所以這個圖案有祈福和發誓的意思。」❷

「哦！原來喔！」我說：「或許我夫夫和妳姑婆感情真的很好，但是說我夫夫喜歡孩子，打死我也不敢相信，我覺得她根本是個沒血沒淚的人，她拋棄自己的女兒，連孫女也不認。」

「那是因為她生的是女兒，她怕妳們繼承女巫的身分。」

「女巫的身分？為什麼？」我睜大眼睛。

「在我們部落裡，女巫的身分是母女相傳，女兒到了十歲便要開始學習咒語、法器和儀式程序。而一旦成為巫師，就是終生的職位，地位非常崇高，連頭目都要很尊敬她，可是，妳知道嗎？」美芙故作神秘，說話說一半故意停頓下來，然後再慢慢一字一字吐出來：「後來發生了一件可怕的事，妳夫夫因此放棄當女巫。」

「可怕的事？什麼可怕的事？」我緊張地抓著美芙的手，好討厭她這樣吊人胃口。

「我也不知道。」美芙聳聳肩。

「ㄘㄟ」我甩甩手表示不屑。

美芙又說：「其實我姑婆跟這件事也有關。」

「那妳問妳姑婆呀！」我急切地說。

「可是她發瘋了！就是因為這件事，我姑婆精神崩潰，而妳夫夫放棄作女巫。我也曾經問過夫夫阿吾嘎來（vuvu a uqaljai爺爺）❸和卡馬（kama爸爸），但是他們都不肯說。」

我陷入迷惘與沉思。美芙看我不說話，用手肘撞我一下。

「嘿！就因為妳夫夫放棄當女巫，她又把妳給那（媽媽）

在十歲前送走。所以部落裡的人都認為妳們會受到祖靈的詛咒，世世代代被惡運糾纏。現在妳回來了，大家等著看，妳會不會是『女巫的接班人』。」

很久很久以前，在東南方的海上有個叫馬賽賽的小島，在那裡人們過著平安舒適的生活。有一年，島上突然出現許多鬼，居民對此非常恐懼與困擾。有個青年眼見大家的生活發生巨大改變，於是率領大家生一團火，由青年們圍個圓圈唱歌跳舞，希望能藉此驅鬼。無奈，這些鬼實在太厲害，人們只好建造木筏，逃離家園，過著漂流的日子。

後來他們厭倦了流浪的生活，同時發現一片美麗的樂土，便決定建立第二個家園。一位兼具勇敢與智慧的青年，他率領衆人披荊斬棘，完成艱鉅的遷徙任務，不僅如此，他還爲族人制定社會制度和祭拜儀式，成爲族裡的大英雄。從此以後，他成爲族裡的男巫始祖，他的妻子則是女巫的始祖，世代相傳。但如果巫師無子或女巫無女，也有收徒傳授的例子。❹

伊娃放棄擔任女巫後，由伊娃的給那（媽媽）從部落裡挑選一位聰敏的女孩，收爲徒弟，加以訓練。雖然部落裡不缺女巫擔任神靈與族人之間的溝通橋樑，但伊娃的作爲等於背叛

祖靈的託付。

「我是『女巫的接班人』？」我嘴巴張得可以塞進八顆滷蛋：「怎麼可能？我什麼也不會，每次看魔法電影，我都覺得是笑話，天啊！怎麼可能呀！」我嘴裡這麼說，其實心裡有點竊喜，「『女巫的接班人』多酷的身分呀！」

「為什麼不可能？『女巫』對我們族人而言或許不是什麼法力高強的人，但她有一種特別的能量，哎呀！我不知道該怎麼說，反正一定有特別的意義啦！」

「天啊！」我用力拍額頭，我想我快變成「哈利波特」了。

❶參考自達西烏拉灣‧畢馬（田哲益）著《臺灣的原住民——排灣族》台原出版社，九十一年一月出版。

❷同註一。

❸夫夫阿吾嘎來（vuvu a uqal jai），爺爺或外公之意。吾嘎來（Uqal jai）為男人或男生之意，所以卡卡阿吾嘎來（kaka a uqal jai）指哥哥或弟弟。

❹同註一。

5 通往魔法世界的牆

我真不敢想像，我竟然是女巫的接班人？可是我什麼也不會呀！美芙說：女巫或許不是什麼法力高強的人，但一定有某種特別的能量！什麼是特別的能量？我有嗎？

當美芙說我是女巫接班人時，我腦袋第一個浮現的畫面竟是：自己頭戴巫師帽、身穿黑色披風、手拿一隻掃把，更扯的是：我沒有近視竟然還戴著一副圓形黑框眼鏡。對啦！就是女哈利波特啦！神經！好像白癡一樣！我想到哪去了，我可是排灣族人耶！但是沒辦法，我就是不自覺地把自己想成這樣，因為我不知道部落裡的女巫是什麼樣子呀！有空我一定要去問問美芙……。

「哎呦！」我腦袋一陣刺痛。

「發什麼呆啦！果樹快被妳淹死了！」夫夫彎起食指在我腦袋釘一下。我回過神，發現這棵果樹的根真的被泡在水裡，我吐吐舌頭，趕緊換澆另一棵。

快到中午，夫夫先回家煮飯，留我在果園整理農具。忽然看見籬笆旁有根五十公分左右的樹枝，樹枝頭尾粗細相當，表面平滑。說是樹枝，倒像是特別磨製的木棒，我好奇地撿起，順手揮一揮。

我又想起哈利波特！

「冬青木和鳳凰羽毛，十一吋長，順手且柔軟靈活，——哈利波特的魔棒。」或許這根正是我的魔棒？或許有了魔棒就能激發我的能量，就像哈利波特一樣。

哈利波特電影我看過幾百遍了，第一次是班導師請我們去電影院看，第二次在學校視聽教室，最近電視第四台又一天到晚重播，所以我大概可以倒背如流了。我記得妙麗讓羽毛從桌上飛起來的咒語。我低頭尋找，找不到羽毛，連雞毛鴨毛也沒有。好吧！沒魚蝦也好，試試落葉吧！

我蹲下身體整理出一小片空地，然後把特別挑選的落葉擺中間，再深深吸一口氣，舉起「魔棒」：「溫咖癲啦唯啊薩！」

葉子躺在地上一動也不動。可能是咒語不對！我用魔棒搔搔腦袋，試試：「溫咖癲薩啦唯啊！溫咖癲薩唯啦啊！溫咖癲薩啦啊啊！」不對不對！哎呀！到底是什麼？我都搞混了。算了，我是排灣族女巫，又不是阿兜仔，那些咒語不能用，我來想些適合我們族裡的，「嗯——嘎道吾（qadau太陽神）．吃馬斯（cemas天神）．夫侖（vurung百步蛇）．打裡打（tjalj祖靈）。」

啊！動了！真的動了！它不但動，還滾了好幾圈。我好興奮好興奮呀！沒想到我真的有法力！

咦？別的葉子也在動、我的頭髮、衣服都在動。ㄘㄟ！原來是風，可惡，白高興一場。

我不死心，一定是咒語不對，也許是魔棒有問題，也許是地點不對。嗯——一定是地點不對！哈利波特流落人間時

也沒有任何法術，任由麻瓜欺負。這裡一定有個類似霍格華茲魔法學校的地方，專門訓練巫師，只是不知隱藏在哪個空間。想起這，我不免感到悲傷，哈利波特有海格的護衛和指引，我卻是孤零零一人。我知道不應該拿自己和哈利波特比，但我真的忍不住……。

我想，既然無人可以依靠，那就該自立自強。哈利波特衝過九又四分之三月台通往霍格華茲；我還看過一部電影，有個男孩穿過一面牆，回到過去拯救一名女孩。哪一面牆才是屬於我的？讓我能穿越它通往魔

法世界！

我使勁抓抓腦袋，糟糕！被我抓下一撮頭髮，真氣人！來夫夫家這段時間，我快變禿頭了。

討厭！想到哪去了。

牆？哪面牆呢？嗯——可能是夫夫家，我睡的那個房間，就是因為它可以穿越不同時空，所以半夜鬼才會來。對！一定是這樣！可是萬一撞牆不成撞到鬼，怎麼辦？

不行！就算撞到鬼，我也要試試看。像前一陣子我們班女生流行一種說法，午夜十二點整，在鏡子前梳頭髮梳一百次，鏡子裡就會出現妳未來丈夫的模樣。很多女同學不敢試，怕鏡子裡出現的是醜八怪或鬼。可是我不一樣，雖然我不在乎我未來老公長什麼樣子，但我一定要把事情搞清楚，要不然以後面對鏡子梳頭髮心裡都會怪怪的。

那天，我忍著幾乎要用牙籤撐住的眼皮，熬呀熬到十二點，當我梳到九十五……九十八……九十九……我的眼睛瞪得幾乎脫窗，嘴巴張得下巴差點脫臼，然後……然後……一百，結果鏡子裡除了像傻瓜的我以外，什麼都沒有。頓時，我鬆了一口氣。

雖然這樣有點白癡白癡的，但我並不後悔。至少我搞清楚傳言的真假。不過這件事我並沒有告訴任何人，我怕人家會笑掉大牙。

這次也一樣，我一定要把事情搞清楚。

晚上，吃完飯便早早躲進房間，我伸出雙掌仔細觸摸每一面牆，隨著指尖在一片片石板中滑動，我的心也起起伏伏。石板有股神秘的氣氛，像百步蛇的鱗片，尤其冰冰涼涼的感覺滲入肌膚，像蛇的軀體在雙掌中蠕動，有種驚心的震撼。

我先選定面床的那一片牆。我走到距離牆壁最遠的位置，深吸一口氣再憋住，我怕呼吸擾亂思緒，但該先出左腳還是右腳呢？哎呀！亂了亂了！重來——吸氣，憋住，全神貫注，小跑步衝呀！

「砰——」

「哎喲！媽呀！」

這時門被猛然打開，「妳在幹嘛？」夫夫說。夫夫睜大眼看著我四腳朝天倒在地上。

「糗大了！」我心裡暗想，臉上立刻擠出尷尬的笑容，嘴裡故作輕鬆地說：「沒什麼！沒什麼！不小心跌倒而已。」

夫夫瞪我一眼：「長這麼大走路還會跌倒！」然後關門走開。

我嘴角的笑容還僵著：「沒什麼？才怪，痛死我啦！」我摸摸腫一包像雞蛋的腦袋，罵一聲：「我是神經病。」

6 沙佳露絲姑婆

現在再看到夫夫有種不一樣的感覺，不再覺得她是那麼無情，我直覺，在她的偽裝面具下有段不為人知的心酸故事。

我想我是沒辦法靠魔法了，還是得找美芙幫忙，第一步就是從她的瘋癲姑婆下手。

美芙帶著我偷偷從她家後門溜進去。穿過一條走廊，沙佳露絲姑婆住在最角落的房間，原本美芙的夫夫（爺爺）認為自己的卡卡阿法法洋（kaka a vavayan妹妹）遭惡靈作祟，所以用鐵鍊鎖著她，但現在時代不同，美芙的卡馬（爸爸）比較開明，和夫夫（爺爺）吵幾次架，遂讓沙佳露絲可以在家自由走動。不過沙佳露絲姑婆還是喜歡躲在自己的房間裡自言自語。

我們站在窗邊偷瞄，沙佳露絲姑婆坐在牆角的椅子上背對著我們，她上身前後搖晃，嘴裡唸唸有詞，聲音糊糊的，聽不清楚。

美芙悄悄推開門，發出「嘎——啦——」聲。

姑婆轉頭看我們，她的雙眼從渙散無神突然發出光采，臉上也從茫然恍惚變得欣喜。她迅速地從椅子上站起來，在我還來不及反應下，牽起我的手。

「伊娃，伊娃，妳來了。」沙佳露絲姑婆臉上露出童稚般的笑容。

說真的，一個六十歲的老太婆，咧開無牙的嘴和滿臉皺紋的臉擠出孩子般的笑容，一把老骨頭扭扭捏捏像個小女孩，實在是挺噁心的。我和美芙面面相覷，臉上多三條黑線，外加幾隻烏鴉飛過去。

「姑婆從來沒這樣過，」美芙笑容尷尬：「就算妳夫夫偷偷來看她，她也不認得，今天卻把妳叫成伊娃。」

「伊娃，我們到大樹下玩，好不好？」沙佳露絲說。

「妳一定長得很像妳夫夫小時候，」美芙把嘴巴貼在我耳朵：「回答她，跟她說話。」

「說什麼呀！」我小聲地。

「隨便啦！什麼都可以。」

「嗯——」我使個眼色向美芙求救，美芙裝做沒看見。

「嗯——」我搔搔頭：「我今天沒空，改天吧！」

嗨咿哇啦嘿——

我們的山呀！

我們的河呀！……

姑婆竟拉著我的手跳起舞來，把我們嚇一跳。

「姑婆別唱了！別唱了！」我和美芙急忙制止姑婆。

我們的感情像山河般永久呀！

我們的日呀！……

「噓——」我們強拉姑婆坐下：「姑婆，妳小聲點！太大聲，妳卡馬（爸爸）會不讓伊娃來找妳玩喔！」美芙說。

聽見這一句，姑婆立刻安靜下來，低聲說：「小聲點，

小聲點，卡馬（爸爸）會罵人。」她的音色像個偷吃糖的孩

子。幾秒鐘後，她又用疑惑的語氣問美芙：「妳是誰呀！」

「姑婆，我是美芙呀！」

「美芙——」姑婆側著頭用力思考：「美芙為什麼會和伊

娃在一起。」呀！她腦神經好像突然清醒一點。

還好美芙反應快：「反正伊娃是妳的卡卡阿法法洋

（kaka a vavayan姐妹），我不會和妳搶啦！」她用手肘撞撞

我：「對不對，伊娃。」

「對！對呀！」我趕緊應和：「我永遠是妳的卡卡阿法法洋（姐妹），一輩子都不會改變。」

「對，一輩子都不會改變。」

嗨咿哇啦嘿——
樹神為證呀！
祖靈為誓呀！
我們的感情生死永不渝呀！

老天！又唱起來了！我和美芙異口同聲：「噓——」

才唱完，沙佳露絲姑婆的情緒忽地變得悲傷：「可是妳好久好久沒找我玩了。」

「因為我沒空嘛！」我解釋。

「不是妳沒空，是因為後山，對不對？」姑婆說。

「對！不是伊娃沒空，」美芙搶話：「是因為妳卡馬（爸爸）不讓妳出去。妳卡馬為什麼不讓妳出去？」我不得不佩服美芙，她腦筋動得好快。

「因為我去了後山。」

「後山怎麼了？」美芙節節逼近。

「後山！是後山！」姑婆突然尖聲吼叫，聲音劃破寧靜：「好恐怖！好恐怖！救命——伊娃——伊娃——啊——」

她的眼睛因極度用力而暴凸，瞳孔直盯前方又好像望著不知名的天際，脖子因嘶吼而青筋暴露，像一隻隻蠕動的蚯蚓企圖鑽進她腦袋，吸食她的腦漿；她雙手使勁拉扯頭髮，樣子好恐怖，彷彿中邪一樣。

「伊娃——伊娃——救命——快逃呀——」

沙佳露絲姑婆的聲音淒厲，迴盪整個屋子，我們聽得毛骨悚然，頭皮發麻。她的臉扭曲變形，全身不斷發抖。我和美芙嚇呆了，趕緊一左一右抓住她，想讓她安靜下來，但我們越用力，她越反抗，她的力氣之大超乎我們想像。

「姑婆，妳安靜一下。」美芙說。

「沙佳露絲，妳坐下，伊娃和妳玩。」我說。

「好恐怖呀！伊娃，好恐怖呀！」姑婆還是聲嘶力竭地吼叫：「救命呀！」

一不注意，姑婆手臂一甩，我被她甩得撞牆，滿眼金星，幾乎站不起來。美芙還在拼命拉住姑婆，她看情勢無法控制，大喊：「雅娜，妳快閃！等一下我夫夫（爺爺）和卡馬（爸爸）來，會罵人的。妳快閃——」

「那妳怎麼辦？」我勉強站起來，頭還昏昏的。

「別管我！妳快走——再不走就來不及了。」

「可是——」我猶豫。

「別可是，快走呀！」美芙急得大叫。

我立刻閃到門口，當回頭再看美芙一眼時，雖然她緊緊抱住沙佳露絲姑婆，但不忘在危急中給我一個微笑，那微笑，是深厚的情誼和信任，令我心中升起絲絲暖意，不覺紅了眼眶，想起草坡大樹上的刻圖，想起五十年前的那兩個女孩。

「走吧！雅娜！」美芙溫柔地說。

我點點頭，回報她一個笑，然後消失在後門。

7 有鬼

「昨天妳還好吧！」對於昨天丟下美芙一人面對問題，我深感罪惡。

「還好啦！」美芙聳聳肩，裝作若無其事。

「妳夫夫（爺爺）和卡馬（爸爸）有沒有揍妳。」

「沒有！因為我裝作什麼事都不知道。我告訴他們：我是聽見姑婆大吼大叫才跑進去的。」她吐吐舌頭：「可是，他們還是覺得奇怪，姑婆很久沒這樣了。」

「後來妳姑婆怎樣？」

「我夫夫和卡馬把她架住，給那（媽媽）幫她灌藥，她還咬了我給那一口。房間的東西被摔得亂七八糟，嚇死人，像颱風掃過一樣。」

雖然經過一夜，但我倆都驚魂未定，我們嘴巴上都有默契地不提姑婆口中的「後山」，可是心底知道「後山」藏著巨大的恐怖情事。我不想講，是因為我還沒從昨日的驚嚇中回神過來，但我絕不輕言放棄，我想美芙也一樣。

「妳呢？妳還好嗎？」美芙問我：「妳有熊貓眼，昨夜一定沒睡好。」

「其實從我來的第一天起，就沒睡好。」自從昨天起，我覺得和美芙的友情已不可同日而語，我願意和她分享心中的祕密。

「想家？」

「不是！是我夫夫家有鬼。」

「鬼？」美芙一聽「鬼」字精神又來了，她一咕嚕跳起身，雙眼像要吃人一樣，兩隻手死掐著我的雙臂。「快說！快說！到底是怎麼回事？」

「哇！放手，妳要掐死我呀！」我痛得哇哇大叫。

「喔！對不起！對不起！」美芙頻頻點頭道歉。

這傢伙天不怕地不怕，好奇心又那麼重，比我還適合當女巫。我把在夫夫家聽到的夜半怪聲和我眼前出現的紅光一併告訴她。

她驚呼：「哇塞！妳的事還真不少！」然後繼續說：

「妳眼睛的毛病，我不是醫生，不知道妳們家遺傳基因是怎麼搞的，但是我知道妳夫夫家的『鬼』是誰？」

「是誰？」

她故作神秘地慢慢說：「是——妳——夫夫阿吾嘎來（外公）。」

「夫夫阿吾嘎來？怎麼會？」我聲音提高八度。

美芙嘸口口水，撇撇嘴：「妳難道不知道，妳夫夫阿吾嘎來的屍體就葬在自己的家裡。這在我們部落叫『室內葬』，雖然是古早的傳統，但已經很久很久沒人這樣做了。聽我夫夫說，妳夫夫阿吾嘎來下葬的當天，部落教會的牧師和修女來勸導妳夫夫，說這種風俗不潔。結果被妳夫夫拿掃把轟出去。」美芙繼續道：「妳夫夫好奇怪，有時候大家都放棄的風俗，她卻獨獨一人堅持；有時候大家要她堅持的傳統，像做女巫這件事，她卻寧可被大家唾罵也要放棄！」

巴勒努生前蓋這間屋子時，即預先在地下蓋了墳穴，他告訴妻子伊娃，不管誰先過世，都要留在自己的屋裡，與另一半長相左右，就算兩人都死了，魂魄也要一起庇護子孫、守護家園。

後來伊娃生下女兒不久，巴勒努便生病，伊娃一直不眠不休的照顧。最後一天，巴勒努握著伊娃的手說：「時間到了。」伊娃爲巴勒努煮了一頓豐盛的「告別」晚餐，明知道他沒有胃口，仍然一口一口地餵他。

「是我對不起你，都是我爲你帶來惡運。」伊娃說。

「胡說！是我自己身體不好，跟妳沒關係。」巴勒努有氣無力地說。

「爲什麼大家都離我遠遠的，而你偏偏要愛上我，如果你和別的女人結婚，你現在還過著幸福快樂的日子。」

「傻瓜，現在我還是很幸福呀！我永遠忘不了結婚當天，妳盪鞦韆的模樣和鞦韆上鐵管與響鈴發出的悅耳聲音❶，還有當年我們相遇的那場舞會。妳向來獨來獨往，從不參加任何舞會，直到沙拉蕾的婚禮，我才第一次見到妳。舞會開始，大家手牽手圍成圓圈，邊唱邊跳，妳卻獨自一人坐在最遠的角落，熊熊的大火把妳的臉染成與衆不同的美麗，我趨前邀妳共舞，妳卻甩開我的手。雖然被妳拒絕，但我卻無法克制地愛上妳。此後，每天都跑到妳家幫妳給那（媽媽）打雜……哈！哈！喀…喀……喀……」巴勒努笑得岔了氣，猛地咳嗽。伊娃趕緊拍拍他的背，說：「你不要再說了！」

巴勒努大喘一口氣：「當年美麗的露古讓本仍不怕死也要娶她回家❷，他帶了四件寶物贏得露古的卡馬（爸爸）同意，而我最重要的寶物只有兩件，一個是勇敢，另一個是愛。」

「你是個傻瓜，」伊娃幽幽地說：「別人都勸你不要跟我在一起，你卻不聽！」

「妳才是傻瓜，」巴勒努疼惜地說：「眞愛，才是最重要的！只要跟妳在一起，就算只有一天也值得。」

「但是我是個受到詛咒的女人。」伊娃把頭垂得低低的，眼淚幾乎奪眶而出。

巴勒努撫摸伊娃的臉頰，露出笑容：「伊娃，不要自責。我死後，妳不要哭，我最怕妳哭，妳的眼淚會讓我的靈魂痛苦。」

伊娃點點頭，把含在眼眶中的淚水吞進肚裡。那一夜巴勒努在伊娃的懷裡斷氣。

伊娃把巴勒努的頭髮梳齊，戴上花圈，插上象徵武士的兩根羽毛，然後為他穿上最華麗的衣裳，並佩戴晶瑩剔透的琉璃珠。裝束妥當，伊娃把巴勒努移到地上，將他上身扶起下半身彎曲，用繩子綁住胸前成蹲坐狀，再用麻布包裹，只剩下頭部露出來。

等到所有親友來弔唁後，由巴勒努的兄弟把屍體放入墓穴埋葬。

從頭到尾，伊娃沒有掉一滴眼淚，但是從此以後，她也沒有真正的笑過。

「媽呀！原來夫夫阿吾嘎來（外公）的屍體就在我每天出出入入的房子裡！」我不由得打一個寒顫：「難怪夫夫看我臉色不對勁，我連說都沒說，她就叫我不管晚上聽見什麼或夢見什麼都不要理它，可見她早知道鬧鬼。」我還是有些疑惑：「可是那聲音好悲傷，難道夫夫阿吾嘎來死不瞑目？要不然他為什麼一直嘆氣？他又為什麼跑出來嚇我？」

「或許他不是死不瞑目，只是太想念子孫了，畢竟妳從來沒有回來過這裡呀！說不定他很氣妳夫夫把自己的阿拉克阿法法洋（aljak a vavayan女兒）送走，他堅持埋在自己的家裡，不就是為了和妳夫夫、子孫長相左右嗎？」美芙分析的頭頭是道。

「可是，我還是覺得怪怪的，一個充滿愛的人，死後會用這種方式來嚇自己心愛的人嗎？」我總覺得不對勁。

❶在排灣族盪鞦韆是女性特有的權利，盪鞦韆必須要有高超的技巧，除了盪得高外，還要隨著擺盪保持優美端莊的姿勢，姿勢越美、盪得越高，越能獲得大家的喝采。在傳統的婚禮上，便有盪鞦韆的儀式，古時只有頭目的女兒享有此特權，後來則沒有嚴格的限制。結婚前一兩天，新郎必須邀自己的親友幫忙砍樹，然後運至新娘家搭建鞦韆架，象徵鬱鬱蔥蔥的愛情活力。〈參考自達西烏拉灣・畢馬（田哲益）著《臺灣的原住民──排灣族》，台原出版社九十一年一月出版〉

❷從前卡古力古家族頭目有個美麗女兒，名叫露古。在以前貴族和平民是不能通婚的，但是露古卻與平民本仍相愛，遂遭到露古的頭目父親反對。頭目故意刁難本仍，要他得到四件寶物才可娶露古為妻：第一件是雄鷹的羽毛，第二件是雲豹的牙齒，第三是百步蛇的孩子，第四是最美麗的琉璃珠。本仍雖然知道要得到這些寶物一定會有生命危險，但是仍然勇往直

前。他憑著一股毅力走到大地的盡頭，發現已無路可去。這時天空忽然飛來一隻雄鷹，並掉下幾根羽毛，本仍很高興的撿起來。後來他又遇見一位穿豹皮的老人，送給他幾顆豹牙。接著，在深山的百步蛇送給他一支刻有百步蛇花紋的小刀。現在四件寶物有了三件，獨缺最尊貴的琉璃珠，天神有感於他與露古堅貞的愛情與他的毅力，於是給他一個陶壺，裡面裝滿奇異的昆蟲。雖然本仍覺得奇怪，還是把這四件東西帶回去。此時，頭目因為本仍一去多年了無音訊，於是逼露古嫁給別人。婚禮當天，露古照禮俗正盪著鞦韆，忽然看見心愛的人回來，非常高興。本仍把四件寶物交給頭目，說也奇怪，刻有百步蛇圖案的小刀突然變成小蛇，奇異的昆蟲變成琉璃珠。為了信守承諾，頭目允許他們兩人結婚，過著幸福的日子。

（參考自亞榮隆．撒可努採集故事《台灣原住民的神話與傳說——排灣族，巴里的紅眼睛》新自然主義出版社，九十二年初版）

8 面對「他」

當黑暗從四面八方撲來，我可以感覺到「他」又來了。原本以為「遇見鬼」這種事，就像打預防針一樣，痛一次以後就會免疫。可是，事實不然，每次這種感覺襲上心頭，恐懼還是會在我的腦裡、胃裡翻騰，好像「恐懼」本身就是一種鬼魅，它會滋長膨脹，然後隨時準備吞噬我的生命。

我整個人裹在被子裡，戒備森嚴地守候著，豎起耳朵靜靜聽著夜的聲音。

「颯——颯——」風搖晃屋外的枝椏。

「唧——唧——唧——」蟲鳴叫夏夜的聲音。

「滴答——滴答——滴答——」時鐘數著時間。

「哎——哎——」

來了！「他」來了！

可是……可是……這次好像不一樣，除了嘆氣，彷彿還有個聲音，那聲音先是沉沉的，悶悶的落在石板地上，接著微微摩擦地面，大約兩秒後又一聲，接著又一聲……一聲……一聲……又一聲。這聲音好像好像……聽過，好像好像「媽呀！好像是腳步聲！」好恐怖！「他」竟然在我房間走動。剛開始「他」在面對床鋪的牆邊踱步，沒多久聲音越來越近，近的就像在我身邊，有時我甚至覺得「他」似乎停留

在床邊低頭看我。我包在被子裡動都不敢動一下，眼前是伸手不見五指的漆黑，只有兩點鮮豔詭譎的紅，隨著我「噗通噗通」的心跳而閃動，我全身抖得快抽筋了。

「可惡！『他』到底想怎樣？我最討厭僵在那兒的感覺，就算死也要死個痛快！」我索性一屁股坐起來。

「夫夫阿吾嘎來（外公），是你嗎？」我用顫抖的聲音。

「他」似乎沒想到我會敢於面對，嘆息和腳步聲瞬間停止，四周陷入死寂，奇怪，連眼前的紅光也突然消逝。

「夫夫阿吾嘎來，是你嗎？」我屏氣凝神，全身雞皮疙瘩都豎起來：「我是卡佳的阿拉克阿法法洋（女兒），我是你的外孫女。」

我環顧四周，四周仍是一片靜默。我想，媽媽從小就被送走，我又從來沒回來過，搞不好他根本不知道有我的存在，所以我又小心翼翼地問一次：「夫夫阿吾嘎來，你知道你有個外孫女嗎？」

仍然沒有聲響。

「我還有個弟弟，我卡馬（爸爸）受傷，給那（媽媽）必須去照顧他，我只好來夫夫家暫住。」

還是沒有任何回答，就連一點點動靜都沒有。我有點失望，好不容易鼓起勇氣，心理準備預料會見著青面獠牙或披頭散髮的鬼，我想過千百種狀況，卻萬萬沒想到會是這樣，空蕩蕩的黑夜，我覺得自己好像傻瓜。

「到底是怎麼回事？」我陷入沉思：「為什麼當我決定面對『他』時，『他』卻消失了！」「他真的是夫夫阿吾嘎來（外公）嗎？」「他好像沒有害我之心，那他又為什麼總出現在我身邊？他為什麼要嘆氣？為什麼？為什麼？」我有一千個為什麼，一萬個為什麼，我用雙手使勁搔搔腦袋。

在沉思中我掉入夢中，為什麼說「掉入」？因為前一秒還在思考問題，後一秒突然不醒人事，整個人感覺一直往下墜落，落在上次夢境的森林裡。那個巨大男子的身影又出現在面前，我一樣拼命地追他，而他只是背對著我，揮手示意我過去。

「懶骨頭，起床了。今天要採果，快點起床。」

又是夫夫的叫喊。

和夫夫工作了一上午，實在受不了，我一定要找美芙聊一聊。我故意跑到雜貨店買一罐汽水，然後向她使一個眼色，她也回我一個眼神，接著我們就一前一後來到大樹下。

「什麼事呀！」美芙還沒坐下便問。

「昨天『他』又來了！妳說他是我夫夫阿吾嘎來，可是當我和他說話，問他是不是夫夫阿吾嘎來時，他卻突然消失了。後來我又夢見走進森林裡，一直追著看不見臉的巨大男子。好奇怪，說是夢見，其實更像是我忽然昏迷一樣；不對！不對！」我搖搖頭：「應該說好像是我的靈魂出竅。哎呀！我不會形容啦！反正就不像在正常的睡夢中。」

「哇塞！妳好酷！竟然敢跟鬼說話。」

「沒辦法，我不能讓事情永遠這樣，就算他要殺我害我，我也要知道個答案，要不然我會發瘋。」我無奈地說。

「要是我，也會這樣。而且聽妳這樣說我現在也覺得，那個鬼可能真的不是你夫夫阿吾嘎來，那會是誰呢？」美芙這次不像以前一樣，聽完後會喋喋不休。她反常地搓著下巴。說真的，此時，我也不希望她囉哩叭唆，只要坐在身邊，陪我思考就好了。

夏日的午後，雖然豔陽高照，但在大樹的遮蔭下，有股清涼舒暢。不知坐了多久，我把一切兜起來，腦海裡慢慢的有了大致的輪廓，只是這一切都只是猜測沒太大把握。忽然，美芙大叫一聲：「哎呀！」

「幹嘛呀！妳要嚇死我呀！」我摀著胸口，心臟差點被嚇得跳出來。

「我知道了！」她慧黠的雙眼閃著光芒。

「我知道了！」她雙手拍掌。

「說呀！」我急得想知道她的想法。

「嗯——」

「天呀！妳又來了！別故作神秘，快說啦！」我在她的肩膀打一掌：「其實我也有想法，我要看看妳的猜測是不是和我的一樣。」

「後——山——」美芙挑挑眉說。

「果然跟我的想法一樣。」我和美芙越來越有默契，但此時擔憂取代了高興。

美芙還在發表高論：「沒錯，一定是跟後山有關。妳想想，妳每次聽見嘆息聲後，就會夢見跟隨一個男人走進山裡的森林。不同時間的夢卻是同一座山，同一片樹林，同一個男人，天下哪有那麼巧的事。我作夢八百次，八百次都不一樣，而且妳的夢是來這兒才開始的，這絕對有原因，不是巧合。」

美芙停頓一會兒，繼續說：「妳想想看，妳一直追他，他不但沒有跑，還放慢腳步要妳走進山裡，這裡就只有後面這座山，所以一定是要妳去後山。但我想不通，是誰要妳去後山呢？」

說著，美芙側頭看看我，我也側頭看看她。漸漸地我們兩人的眼睛越睜越大，嘴巴也張得大開。

「妳沙佳露絲姑婆是到後山才發瘋的？」我問。

美芙用力點頭。我們兩吃驚地互望，一動也不動。

9 走進後山

我們不敢預測未來會發生什麼事，也不敢肯定是否能平安回到部落，但儘管如此，我還是毅然決定走進後山，探索我家陳年的祕密，或許可以因此得到解決，或許不能，但至少在自己的心靈上可以得到一條出路。唯一讓我猶豫牽掛的是「美芙」，雖然我們才認識沒幾天，但感覺好像是上輩子的朋友，又好像是延續我夫夫和她姑婆無緣的友誼。既然是朋友，我是不是不該讓她陪我冒險？我是不是不該讓她身處不可預知的處境？我想起那天，她死命抱住發瘋的姑婆要我快走，她那淺淺的笑，有股寧為朋友犧牲的堅毅，令我動容，我已經害她一次，可以再拖她下水一次嗎？

「美芙——」我吞吞吐吐。

「幹嘛？」

「妳不要跟我去，好不好？」我幾乎不敢看她。

「為什麼？」她拉高分貝大叫。

「妳看沙佳露絲姑婆那樣。」

她眨眨美麗的大眼，然後故作輕鬆：「妳以為用姑婆嚇我，就可以甩掉我嗎？」她似笑非笑著：「天底下冒險的事少我美芙是不行的！」

我看見她眼裡泛著淚光，我的雙眼也濕了。

她拍拍我的肩膀說：「妳這個台北來的，連一條街都會迷路，沒有我，妳能走出森林嗎？我雖然沒到過後山的深處，至少是在這片山中長大。放心啦！妳不是說我膽大包天嗎？我不會像沙佳露絲姑婆那樣的。」

我牽起她的手，走向大樹後，就像她那天牽我的手一樣，我用另一隻手撫摸樹幹上的斑剝刻痕，對她微笑，她也回我一個燦爛的笑，在陽光下閃爍光華。

「妳會唱妳姑婆的那首歌嗎？」我問。

「嗯！」她點頭，接著拉我一起繞著樹幹跳舞。

嗨咿哇啦嘿——

我們的山呀！
我們的河呀！
我們的感情如山河般永久呀！
……
……
樹神為證呀！
祖靈為誓呀！
我們的感情生死永不渝呀！

樹神爲證呀！
祖靈爲誓呀！

我們的感情生死永不渝呀！

「妳眞的要陪我一起去？」伊娃不可置信地問。

「對呀！」沙佳露絲堅定地點頭。

「妳難道都沒聽過『他』的傳說嗎？妳不知道『他』好可怕嗎？」

「我知道！就是因爲可怕才要陪妳去，我們是生死不渝的好姐妹，就算是有天大的危險也要陪妳去。」沙佳露絲說。

「爲『他』送食物是我們女巫的工作。我十歲了，開始學習女巫的課程，課程中有一項勇氣的訓練，第一關就是必須爲『他』送食物，通過了這一關才代表不懼怕任何惡靈的挑戰，可以爲族人趨吉避凶。所以『他』代表著不吉利。我是女巫的接班人，不得不接受這種挑戰，可是妳不必冒這個險的啦！」

「我是不用通過勇氣的考驗，可是我可以通過感情的考驗呀！」

「妳是我的好姐姐，疼我愛我，我知道，但妳真的不必陪我，……」伊娃不放心。

「不用再說了，我一定要陪妳去。」沙佳露絲肯定地說。

此行不管會發生什麼事，有了美芙的相伴，一切都值得。我們兩深呼吸一口氣，手牽手走進森林。

10 紅眼巨人——巴里

才跨進後山第一步，瞬間，我的眼睛又出現那兩點紅色炫光。我不自覺地揉揉眼睛，使勁眨了兩下，頭也一併偏向一邊，忽然閃光不見了。當我把頭擺正，面對前方，閃光又回來。試了幾次，每次都同樣情況。

美芙看我搖頭晃腦，問：「怎麼了？」

「我的眼睛又出現紅光了。可是好奇怪，只有頭正對前方時才會出現，以前從來沒這樣過。」我說。

「八成是妳腦袋長了怪東西，某個角度就會壓到妳的眼睛神經。我曾經聽說我們部落有個年輕人更奇怪，他是眼睛裡出現一塊黑影，別的地方都看得見，就只有那塊黑影的地方看不見，嗯——怎麼說，就好像有人把眼睛用黑紙遮住一塊一樣。電視上不是也有演，有些人頭撞一下，眼睛就突然看不見，哪天又撞一下，就又看見了，所以呀，腦袋的事誰知道呢？我們健康老師說，人的身體很奧妙，就連醫生很多都搞不清楚。」

「是這樣嗎？可是我媽小時候也這樣，難道我媽腦袋裡也長東西？而且她說長大自然就會好，這又是為什麼？」

「那更沒關係啦！一定是妳們家有什麼遺傳的『D什麼A』的，那個紅光會影響妳走路嗎？」

我搖搖頭：「習慣嘍！」

「那就別管紅光不紅光了！現在最重要的是我們必須快去快回，要不然不能趕在太陽下山前回來，就慘了！妳不知道，憑我們兩個小女孩，夜晚在森林裡，就算沒遇到怪獸，自己就已經先嚇死了！」美芙說完立刻拉著我往前衝。她說的有道理，我也趕快邁開腳步。

走進茂密的樹林，頓時覺得陰暗許多，微弱的光線從濃密的枝葉間疏疏落落散下，為林間撒下片片光點，陳年落葉在腳下發出脆裂聲，看不見蹤影的鳥兒「啾——啾——」地叫著。

剛開始，路面還算平坦，我和美芙邊走邊聊，有時她故意逗我，我們兩還打鬧追逐。逐漸地小徑被雜草覆蓋，美芙不愧是山裡的孩子，從背包抽出鐮刀「咻——咻——」就是一陣猛砍，硬是開出一條路來；有時，她拿著手上的竹棍，揮打草叢。她說：「這叫打草驚蛇，這樣蛇會溜掉就不會咬我們了！」

「妳懂得好多呀！」我不得不佩服她。

「我常跟夫夫阿吾嘎來（爺爺）和卡馬（爸爸）一起上山採野菜或草藥，我看他們都是這樣做的。其實我最想做的是打獵，可是女人是不能打獵的，連他們的武器我們都不能碰，說碰了會倒楣。」美芙驕傲地說，頗有女中豪傑的味道。她又說：「只有女巫除外！他們打獵前會拿武器給女巫作法，這樣才能庇佑大豐收。」

「怎麼作法？」我急切地想知道。

九歌出版社　健行文化出版　Ten Points 天培文化

10558 台北市松山區八德路3段12巷57弄40號

九歌出版社有限公司收

姓　名：________　性別：男□　女□　出生：____年____月____日

手　機：________　電話：(　　)________

e-mail：________　地　址：□□□________

教育程度：□國中(含以下)　□高中職　□大學專科　□研究所(含以上)

與好友分享《九歌書訊雜誌》

推薦三名不同地址的好朋友，他們將分別免費獲贈《九歌書訊雜誌》

姓　名：________　地址：□□□________

姓　名：________　地址：□□□________

姓　名：________　地址：□□□________

您可以選擇免貼郵票寄回、將正反資料回傳，或是上網登錄 九歌文學網 http://www.chiuko.com.tw
電話：02-25776564 傳真：02-25706920

讀者回函卡

謝謝您購買本書，我們非常重視您的意見與想法，請您費心填寫並寄回給我們！

- 購買的書名＿＿＿＿＿＿＿＿
- 購買本書最主要的原因(可以複選)：□書名 □內容 □封面設計 □價格便宜 □整體包裝 □作家
  □其他，告訴我們你的想法：＿＿＿＿＿＿＿＿
- 您如何發現這本書：□書店 □網路書店 □書訊 □廣告DM □報紙 □廣播 □電視 □親友介紹
  □其他＿＿＿＿＿＿＿＿
- 下一本你想買的書，主題會是：□華文創作 □翻譯小說 □生活風格 □少兒文學 □勵志學習
  □兩性成長 □醫療保健 □旅遊美食 □藝術人文
- 您通常用哪一種方式購書：□郵購 □逛書店 □網路書店 □劃撥 □信用卡 □傳真
  □其他＿＿＿＿＿＿＿＿

「我怎麼知道？女孩根本不能靠近！我覺得好奇怪，不管什麼宗教都把女人視為不潔！真不公平！哪個男人不是女人生的。」美芙憤憤不平。

接著路面越來越窄，也越來越往上走，我知道我們正式進入山路。大約半小時，小徑一分為二，我們站在叉路口不知所措。我看看左邊，看看右邊，「嗯——奇怪。」我心想。再看一次，左邊，右邊……我大叫：「哎呀！美芙！」

「要死呀！妳叫那麼大聲，要嚇死我呀！」美芙用力在我肩膀捶一下。

「美芙，」我緊緊拉著她的手臂。

「幹嘛！」

我大口喘氣。我不知道是自己爬山爬累了，還是太緊張，氣堵在胸口說不出話。

「妳知道嗎？」我調整呼吸：「我看這條路，眼睛紅光會出現；但這條路卻不會。」我指著左邊的路大喘一口氣：「妳說我可能是因為轉頭壓到神經的關係，可是現在頭並沒有動，只有眼球動而已呀！」

「真的？」美芙按住我的頭：「除了這條路，妳眼珠再轉其他地方試試看。」

「沒有，別的地方都沒有，就只有這條路會出現紅光。」

「難道會是妳夢中那個神秘聲音給妳的暗示？」美芙

說。

「但是從我十歲起眼睛就這樣了，又不是這幾天才開始。」我說。

「對喔！」美芙胡亂答。其實我們兩的心裡都覺得不對勁，似乎有些事有關聯，但又說不出所以然。反正不知道方向，我們乾脆選紅光出現的那一條路。

小路蜿蜒而上，越來越崎嶇不平，而且兩旁大樹濃密，地上極為濕滑。漸漸地小路依傍陡峭山壁，另一邊是崖坡，坡下長著盡是高聳入雲的老樹。有時小路被幾根歪斜的藤蔓阻擋，更加坎坷難行。我小心翼翼踩著步伐，偏偏眼前紅光閃呀閃，阻礙我的視線，一不小心被樹根絆倒，整個人趴在泥地上，濕濕冷冷的感覺立刻滲到我骨子裡。

美芙趕快過來扶我一把：「有沒有怎樣？受傷沒有？」

我咬咬牙：「還好，只是全身又髒又濕。」

「會不會痛？」美芙問。

我搖搖頭。

「如果會痛，我們可以回去。」美芙說。

我看見美芙眼裡的關心，但我用力搖頭：「不，絕不回去，就算再危險也不回去，我不能回去再過同樣的日子，我不可能裝作什麼事都沒發生過，我要知道這一切是為——什麼——？」我不自覺越講越激動，聲音也越來越高亢。

「妳別激動，不回去就不回去。」

「哎——」

「出現了！『他』竟然出現了！」我清清楚楚聽見嘆氣

聲，這次不是在漆黑無人的夜裡，是在大白天，而且身邊還有美芙。我瞪大眼睛看美芙，她的臉色大變，恐懼似乎從她的心底冒出來，讓她感到忽冷忽熱。

「妳也聽見了，對不對？」我問美芙。

「我不知道。」美芙全身顫抖。

「妳知道！妳知道妳聽見了。」我雙手抓住美芙肩膀，逼她面對事實。

「是——」美芙幾乎哭出來：「我是聽見了。媽呀！好恐怖呀！」

「美芙，妳聽著，剛剛只是一聲嘆氣聲而已，再下來可能有更恐怖的事，或許超乎我們想像。我不要妳再去想大樹上，伊娃和沙佳露絲刻的圖案，那跟我們兩沒有關係；我也不要妳在意曾經答應的任何事，我只要妳現在問問自己內心的真正感覺。」我非常非常地慎重：「現在換我問妳，妳要不要回頭？」

美芙深深吸一口氣，雖然那是一張飽受驚嚇的臉，眼神也是驚魂未定，不過眼中卻閃著激動的光芒：「不！我不會回去！再危險我也不回去。我不可能裝作什麼事都沒發生過。」

好傢伙，怕成這樣還能學我講話。我撇撇嘴，握握她的手。

又走了不知多久，我忽然覺得景致好熟悉，熟悉到彷彿以前來過幾百萬次，站在叉路口，不用猜也不用看紅色閃光，我就知道該走哪條路。雖然我滿身大汗，雙腿發軟；雖然我的心像吊在半空中，對未知有種恐懼，但是心靈深處卻又有一種期待，一種渴望，好複雜的感覺，我不知道怎麼形容。

小徑轉個彎，路的盡頭豁然開朗。眼前是一片大約兩個教室大的空地，這片空地非常非常奇怪，整座山長滿參天古樹，獨獨這兒寸草不生，地面也還算平整，空地的中央是片殘破不堪的石牆，感覺好像有人曾經住在這。更奇怪的是，我越走近空地眼前的紅光就閃得越快，當我踏進空地第一步，剎那間，我覺得有股深沉的恐怖氣氛從四周攏聚過來，彷彿有份不可知的神秘力量正躲在暗處，緩緩凝結。

「哎——」

瞬間，我們頭皮發麻，雞皮疙瘩爬滿全身，美芙的手緊緊抓住我的手臂，我可以感覺她全身顫抖。我們轉著僵硬的脖子環顧四周，仔細觀察每一個角落，試圖尋找那個恐怖的來源，更怕那個恐怖的來源會突然撲過來。可是，四周什麼都沒有。

「妳——終於來了！」

「他」說話了！我無法正確形容我所聽見的話，與其說「聽見」，倒不如說是那聲音直接從腦海傳入耳膜，如果聲音是存在我的腦袋裡，那為什麼美芙也聽見了。我不懂。我覺得「他」似乎有股特別的力量可以任意支配，「他」可以直接侵入我們的腦袋，左右我們的思考。

我心臟「噗通噗通」猛跳，連呼吸都不敢大喘一下，全身緊張而僵硬。

「你……是……誰？你……到底……是誰？」我硬著頭皮，結巴地說。

「妳終於來了！」

「你……出來！你躲在暗處嚇……我們兩個小……女孩，算什麼男子漢……」我用吼叫壓抑內心的恐懼：「你……出來，你到底想怎麼樣。」

忽然，我們看見殘破的石牆角落出現一個巨大男人的背影。其實也不能說「忽然」，「他」是慢慢形成的，剛開始只是一層似有若無的薄霧，撲朔迷離，若隱若現，逐漸地薄霧漸漸凝聚，形成一個真實的軀體。他的長髮在風中翻飛，寬闊的肩膀略顯佝僂。就在他的形體形成時，我眼睛的紅光瞬間消失。

我驚訝地大叫：「就是你，就是你三番兩次進入我的夢裡。」我把恐懼化為憤怒。

「普林卡（Pulingar）！」

「普林卡？」我問。

美芙拉拉我衣角，嘴巴貼近我耳朵：「普林卡是女巫的意思。」她聲音微微顫抖。

「從妳十歲生日起，我便呼叫著妳。」

「十歲？原來眼前的紅光也是你？」我恍然大悟，原來這一切的一切都是有關聯：「難道媽媽小時候眼前的紅光也是你，你也呼叫我媽媽？」

「哎——」一聲沉重嘆息：「我已在此等候五十年。」

「你到底是誰？你要幹什麼？」我問。

里）。」

「我是古里基馬查巴里（quljizilj maca Pali，紅眼巴里）。」

「啊！你是紅眼巨人——巴里！」美芙驚呼。

11 巴里的故事

從前族裡有個叫巴里的孩子，從出生就有一雙血紅的眼睛，不論任何動物：雞、鴨、豬，甚至昆蟲、鳥獸，凡是被他的眼睛看到，都會死去。家裡的人很害怕：「你爲什麼會這樣子？你好像惡靈轉世。」便把他關在黑暗的房子裡。

巴里孤獨地長大，像是個被世界遺忘的人。家裡的人要送食物給他，會在門口大喊：「巴里，送食物給你了，閉起你的眼睛。巴里，閉起你的眼睛。」而巴里不但將眼睛閉起來，還貼心地轉過身體用背和人說話。

漸漸地全部落的人都知道紅眼巴里的事，紅眼巴里也成爲大家恐懼的對象。然而，幼小的心靈總耐不住寂寞。有一天，巴里聽見屋外小孩子的嬉戲聲，內心渴望和他們一起玩，但又怕傷及無辜。他想了一個方法，拿一條布把眼睛遮住，這樣就可以走出屋外了。

這一天，巴里雖然只是坐在屋簷下傾聽別人嬉笑的聲音，卻是他有生以來最快樂的時刻。巴里的笑聲引來孩子們的好奇，圍過來問他：叫什麼名字？當他說出「巴里」兩個字時，所有的孩子一哄而散，連阿貓阿狗都跑得無影無蹤。巴里傷心地躲在角落哭泣。

這時有個名叫保浪的男孩，看見事情的始末，心地善良的他非常同情巴里，遂趨前跟他說話，並和他做朋友。

他們兩人很快成為好朋友，每天黃昏都玩在一起。保浪不但不畏懼巴里，甚至把他帶回家。保浪父母早已雙亡，只有與失明的祖母相依為命，祖母是個仁慈的長者，她完全沒有排斥巴里，還常拿東西給他吃。

巴里問祖母：「為什麼只有妳和保浪不怕我？」

祖母和藹地說：「萬物都有它的道理。我相信嘎道吳（kadau太陽神）❶安排我失去雙眼，和你擁有這樣的雙眼都有祂的道理。」

漸漸地族人發現只要把巴里的紅眼睛遮住，巴里並不可怕，便開始接納他。平時巴里的眼睛用布蓋起來，一旦族人遇到敵人來襲，巴里就把布拆下，衝到最前線，保護族人。巴里也因此得到族人的尊崇。

不過，天不從人願。有一天，巴里眼睛的遮布不小心被扯掉，死了一些小孩，引起族人群起憤慨，他們忘記了巴里的功勞，只記得自己心中的憤恨。頭目決定在後山蓋個房子，把他趕到那裡。

可憐的巴里又變成孤獨一人。他沒有怪任何人，只有怪自己為何生就一副殺人眼光，為了不再傷害任何生命，他信守承諾，獨自在森林裡啃噬寂寞。唯一值得安慰的事：保浪並沒有離棄他。

他每天最盼望保浪的到來。一到下午，保浪接近空地就會大喊：「巴里，是我保浪，我為你帶食物來了，閉上你的眼睛。」然後他們兩就會聊聊天，聊慰寂寞的心靈。保浪的友誼讓巴里擁有活下去的勇氣。

原以爲雖被族人驅逐，只要安分也算能苟且偷生。奈何敵人並不放過他，他們派人偷偷跟蹤保浪，知道巴里獨居的地方。有一天，他們潛伏在巴里住處的四周，先派一個人假裝是保浪，大喊：「巴里，我是保浪，我給你送食物來了，閉上你的眼睛。」巴里不疑有詐，依指示閉眼。這時，埋伏四周的敵人立即一擁而上，先拿個袋子套住巴里的頭，接著拿起斧頭一揮，砍下巴里的腦袋。

不知情的保浪仍然來到後山，他聽不見巴里熱情的回答，只有一具屍體躺在血泊裡，保浪傷痛欲絕。

很快地族人聽到巴里被殺死的消息。由於族人認爲人死後的靈魂：善死的靈魂爲善靈，會被接引至靈魂之鄉成爲祖靈；惡死、橫死的成爲惡靈，會徘徊死亡的地方，向人作祟。所以有惡

靈徘徊的地方將成爲不吉利的場所，凡到過此處的人都會生病。更何況是紅眼巴里，一定聚集更多的冤氣。❷

此後頭目訂下一個規矩：要女巫安撫亡靈，世世代代送食物至後山，不可中斷。

「我知道了，五十年前害沙佳露絲姑婆發瘋的就是你！」美芙指著紅眼巨人氣憤地說。

「我夫夫也是被你害的不能當女巫，而被族人唾棄；我夫夫把我給那（媽媽）送走也是因為你，對不對？這一切都是你害的對不對？」悲憤給了我和美芙力量，我們根本忘記思考「安全」和「恐懼」的問題，一心一意恨不能將他碎屍萬段，一塊一塊吞到肚裡。

我咬牙切齒：「你把我夫夫害得那麼慘，你還叫我來幹什麼？難道你也要害我發瘋？」忽然有個想法跑進腦海，我愣了一下，遲疑地說：「說不定……你不是要我發瘋？是……是美芙，就像當年你害沙佳露絲姑婆那樣。你因為寂寞，所以專門破壞別人的友誼。」

「哎——」

他的嘆氣好沉重好沉重，壓得我的胸口好悶。

「哎——我在此守候五十年，難道就為了破壞別人的友誼？」

紅眼巨人背對著我，我看不見他的表情。

「擁有一雙殺人般的紅眼，是天賦異稟也好，是老天的錯誤也罷，都不是我所願意，我唯一的希望就是和平凡人一樣，過正常的日子。我從無害人之心，但族人卻把所有的不幸歸罪於我，儘管如此，我也不怨任何人。」

「伊娃，這是妳第一次送食物給紅眼巨人，切記，走近空地便要沿路呼喊：送食物給你了，紅眼巨人閉上你的眼睛，紅眼巨人進屋去。當紅眼巨人進屋後，妳把食物放在門口，便可以下山。」母親在伊娃出發前一個晚上，千叮嚀萬囑咐。

「妳記住沒有？」母親不放心又問一次。

「知道了啦！知道了啦！」伊娃不耐煩。

隔天，東方出現第一道曙光，伊娃和沙佳露絲便手牽手走進森林，有了沙佳露絲的陪伴，山路不再崎嶇難行。她們輕鬆聊天，玩耍嬉鬧，伊娃根本忘記母親的交代，甚至沒注意已經來到空地，等到與紅眼巨人迎面相遇時，一切已來不及。

紅眼巨人的雙眼閃著狂野銳利的光芒，瞳仁像鮮紅的血般，一股懾人心魄的力量立即射出，瞬間，伊娃和沙佳露絲慘叫一聲。

「救命呀！救命呀！鬼──鬼──」沙佳露絲歇斯底里地狂叫。

「妖魔！是妖魔！伊娃──救命，別讓他來抓我呀！」沙佳露絲淒厲的聲音迴盪在森林裡。

伊娃自己也嚇得幾乎魂飛魄散，她驚魂甫定立刻拉著沙佳露絲轉身就跑，樹枝刺破她們的四肢，草葉切割她們的肌膚；她們跌倒在銳利的尖石上，她們滾落在泥濘的濕地裡，但她們完全不知道痛，不知道冷，她們只是一路狂奔、狂奔、狂奔……。

回到山下，她們一身是血，頭髮散亂。沙佳露絲依然陷溺在恐懼裡，她雙手揮舞，一下子摀住眼睛，一下子撕扯頭髮，嘴裡不斷喊：「救命呀！不要來害我！伊娃，救命呀！」從此以後，沙佳露絲再也沒有清醒過來。

「看著伊娃和沙佳露絲，彷彿看見自己和保浪，我們都曾因為不幸而被迫與朋友分離。伊娃的痛，我了解。」

雖然看不見紅眼巨人的表情，但可以感覺他的背更駝了，他的聲音幾乎載不動悲傷鬱鬱的情緒。我完全不再怕

他。

我語氣放軟：「既然事情已經過了五十年，你叫我來又有什麼意義？」

「或許我沒辦法拯救沙佳露絲，但我可以改變伊娃。沒有一個人應該孤獨寂寞的生活。」

「我只是個小孩子，我能做什麼？」我嘴裡雖然這麼說，其實心裡很渴望能有所作為。

「我呼叫了五十年，呼叫了妳夫夫、給那（媽媽）和妳。但是妳夫夫沉浸在恐懼與罪惡感裡不可自拔，她關閉自己的心門拒絕所有人的呼喚；而妳給那，因為容易妥協於現實而失去動力。只有妳，雅娜。」

「你知道我的名字？」我驚訝他無所不在，無所不知。

「雅娜，妳散發著女巫的光與熱，這種光與熱或許不是魔法，但絕對是一種能量，足以改變周遭的人事物。」紅眼巨人停頓一下，繼續說：「美芙，妳也是。妳的不尋常不僅在於堅定的友誼，更在於妳的聰慧與勇敢。我需要妳們的幫忙。」

「幫忙？」我和美芙異口同聲。

「把伊娃帶來。我不放心她過著痛苦的日子，她需要解開困擾五十年的心結，如此才能獲得重生。等一切化解，我便要離開這裡。」

「你要去哪裡？」美芙問。

「去我該去的地方！」紅眼巨人說。

❶嘎道吳（kadau），太陽神之意。太陽神為萬物的造物主，人的守護神。

❷參考自亞榮隆·撒可努採集故事《台灣原住民的神話與傳說——排灣族巴里的紅眼睛》，新自然主義出版社，九十二年初版。

另有關紅眼巨人的多種不同傳說可參考：達西烏拉彎·畢馬著《排灣族神話與傳說》，晨星出版社，九十二年八月初版。

12 還給我快樂的人生

我和美芙踏著昏黃的餘光下山，好死不死在入山口處正好遇見美芙的夫夫阿吾嘎來（爺爺），這時候遇見他比遇見紅眼巨人還可怕。他瞪著惡狠狠的眼睛把我打量一番：「妳們到後山幹什麼？」

「夫夫（爺爺），我們只是去拔野菜！」美芙趕緊說。

「我沒問妳！我是問她。」他指向我的鼻尖。

「我們是去找紅眼巨人！」我無畏地望著他的雙眼。我想起紅眼巨人悲戚的語氣：大家把一切的不幸歸罪於他，我想我該為他說點話，我不想再迴避問題。可是沒等我說完，就看見美芙的夫夫阿吾嘎來鼻子噴氣，頭頂冒煙。他舉起兩隻手揪住我和美芙的耳朵，然後我們就一路上踮著腳尖，齜牙咧嘴地回到夫夫家。

「妳知道妳外孫女把我孫女帶去哪兒了嗎？」美芙的夫夫阿吾嘎來氣憤地說：「去後山找古里基馬查巴里（紅眼巴里），當年妳害我的卡卡阿法法洋（妹妹）發瘋，現在妳的外孫女又來害我的孫女。我們家是受到妳們的詛咒嗎？」

「夫夫（爺爺）……」美芙插嘴。

「妳閉嘴，我回去再跟妳算帳。」

夫夫沒有說任何話，任由美芙的夫夫阿吾嘎來責罵。她也沒有罵我，當晚，她只淡淡地說了一句：「我會叫妳給那（媽媽）儘早把妳帶走的啦。」然後眉頭深鎖，嘴唇緊抿，走進廚房。

我還是像往常，站在她的身後等她叫我幫忙，但她連看都沒看我一眼，就當我是空氣一樣。透過濃煙看著她的背影，我忽然覺得她好像紅眼巨人，寬闊的肩膀馱負沉重的寂寞與罪惡感，當她抱著情如姐妹，卻又因為自己疏忽而瘋狂的沙佳露絲；當她親手埋葬一生摯愛，卻認為是因為自己招來惡運而死亡的巴勒努；當她送走唯一疼愛，只因為認為可以保護孩子讓她遠離災禍的女兒。她就像紅眼巨人躲避人群，獨自啃噬痛苦。想到此，我好想好想哭，好想好想抱她，但我不敢。

這一夜，她沒吃飯就躲進房間裡，我也沒胃口，隨便扒兩口就回房去了。夜裡我躺在床上，一直渴望紅眼巨人會入夢來，告訴我，我該怎麼辦？就算是幾聲嘆氣聲也好，可是等了老半天什麼都沒有，連眼前的紅光都不再出現。以前不要他來，他偏偏三天兩頭來煩我；現在需要他，他卻不來，真把我氣炸了。就在我迷迷糊糊，半夢半醒時，聽到極細微的歌聲：

咿——呦——嗨——

美麗的蜻蜓滿天飛，美麗的蝴蝶滿山谷

美麗的畫眉在枝頭，美麗的雲雀在跳躍

美麗的公主呀——在我家

……看那飄逸如風的髮，看那秀麗如虹的眉
看那晶瑩如星的眼，看那柔軟如雲的唇
妳是我永遠心愛的寶貝！

是媽媽的歌聲？是媽媽哄我入睡？是我依偎在媽媽的懷裡享受溫柔？不是！這不像媽媽的聲音。我漸漸醒來，眼睛酸澀的幾乎睜不開，我勉強坐起身，尋找聲音的來源。

……感謝豐富的山林呀！感謝肥碩的土地呀！
祖靈賜的寶貝——在我家

……

是從夫夫房間傳來的！我躡手躡腳下床走到夫夫房間，夫夫背向門坐在床沿，奇怪，三更半夜夫夫不睡覺在幹什麼！

嗨嗨呦——

看那飄逸如風的髮，看那秀麗如虹的眉

……

「夫夫！」為了找紅眼巨人的事，我必須和夫夫談一談。夫夫聽見我的叫聲嚇一跳，但她沒有回頭。

「夫夫！」我又叫一聲。我已經不再害怕夫夫，夫夫和紅眼巨人一樣：有個恐怖的外表及脆弱的心，只要勇敢面對就能打開她的心房。我沒有等她回答便走到她身邊，她沒料到我竟膽敢挑戰她的權威，全身震一下：「走啦！走開啦！」她的聲音沙啞、顫抖。

我驚訝不已：「夫夫，妳哭了！」我蹲下來靠在她身邊，看見她手心握著一張陳舊的相片，相片裡是一個紮著兩條辮子的小女孩，露出勉強而憂鬱的笑容。我記得這張，因為我家也有一張，那是媽媽小時候的相片。我也注意到床上堆滿相片，有的很舊，有的較新，最顯眼的一張是我們家前陣子拍的全家福。我還看見夫夫滿是皺紋的臉垂掛兩行淚，原來夫夫靠此來排遣思女之苦，頓時我鼻子一酸。

「卡佳，給那（媽媽）帶妳到鎮上拍張照片，然後我們再搭車到台北找妳布拉露康給那（kina給那：可以指媽媽、阿姨或姑姑。這裡指姑姑。），以後妳要住在她家，要乖乖聽話，不要給人家招惹麻煩。」伊娃說。

「為什麼？我不要去台北，我要留在給那身邊。」卡佳倉皇地哀求。

「不要問我為什麼！妳只要記住：給那一切都是為妳好，給那對妳的愛永不改變。」伊娃把淚往肚裡吞，溫柔地說。

「騙人！給那騙人！妳如果愛我為什麼要送我走？我不要離開妳！我不要！我不要！」卡佳說完嚎啕大哭。

伊娃緊緊抱住卡佳，忍住淚：「乖！不要哭不要哭，我的卡佳！我的寶貝！」

「為什麼要回來？為什麼要跑去找紅眼巨人？」夫夫終於開口說話。

「我只是不想讓他困擾我！」我說。

「見過紅眼巨人就會帶來惡運。」夫夫把頭垂得低低的，哽咽地說：「枉費我把妳們送這麼遠。」

「夫夫，妳有沒有想過，或許給那（媽媽）寧願遭遇惡運，也不願離開妳，雖然我年紀還小，但是我清楚的感覺到給那並不快樂，不快樂的日子比死還難受。就像夫夫阿吾嘎來（外公）就算失去生命也要愛著妳一樣。」說著，兩行淚珠滾滾流下，我伸手握住夫夫的手，她的手粗糙地像菜瓜布，但好溫暖。

「夫夫，」我吸吸鼻涕，繼續說：「妳認為把我給那送得遠遠地就是為她好，可是妳從來沒有想過：她願不願意。妳知道嗎？我給那一直都不快樂。她曾經告訴我：小時候有一次她和阿里卡馬（卡馬可指爸爸、叔叔或舅舅，這裡為布拉露康姑婆的兒子。）吵架，阿里把給那的課本通通撕掉，說：『在我家的東西都是我的，我愛怎麼樣就怎麼樣。』他還把我給那趕出去，說：『妳滾回自己的家啦！』那一天給那好想好想回到自己的家，但是她身上沒有半毛錢，而且她也不認識路，只好躲在附近的公園一直等到姑婆找到她，才把她帶回去。給那還說：每次看著阿里卡馬向姑婆撒嬌，她就會躲在房間偷哭。那些年，她吃飯只敢吃半飽，衣服破了不敢說，生病不敢給別人知道，更不敢說想要什麼、想吃什麼。其實並不是布拉露康姑婆對她不好，而是寄人籬下，她學著萬般忍耐，隱藏自己的想法。她活得好痛苦，她好想好想回到夫夫的身邊，可是夫夫卻不要她。」

「我沒有不要她，她是我的寶貝。」夫夫邊說邊抽咽，淚水淹沒她的雙眼和臉頰，她顧不得擦拭，只緊緊地抓住那一張泛黃的相片。

「可是我給那並不知道，她一直認為自己是個沒人要的孩子。九二一大地震後，有一天她看新聞，然後講一句話：『就算死，一家人也要死在一起。』夫夫，妳知道她這句話的意思嗎？她寧願死也要和妳在一起呀！」我拉起袖子擦擦眼淚和鼻涕。

我又說：「我知道有時候怕一樣東西是沒有道理可說的，就像我怕死蟑螂，明知道牠不會咬人，可是每次看到我都會尖叫到快要腦充血。雖然我很怕很怕蟑螂，但如果要我離開我的給那，我寧願吞下一百萬隻蟑螂。」我深吸一口氣緩和一下情緒：「夫夫，紅眼巨人沒有妳想像的可怕，沒有那雙眼睛，他就像我們一般人一樣，甚至比我們更善良。妳看，我和美芙都見過他，也都沒事呀！」我說。

「但是沙佳露絲……」夫夫的眼神像五十年前那個受傷的孩子。此時，我反而覺得自己像大人，應該保護夫夫。

「沙佳露絲發瘋並不是紅眼巨人的錯，對不對？」

夫夫點點頭：「對！是我的錯啦！但我只是個小孩子，沒想到一個不注意……竟……竟改變了沙佳露絲和自己的一生。」夫夫不停啜泣：「我怕……我怕妳們也會這樣……。」

「夫夫妳不用怕，紅眼巨人說他要離開這裡，去一個屬於自己的地方，他再也不要女巫為他送食物，更不會困擾我們。但離開之前，希望能見妳一面。嗯……，不是真的跟妳『見面』啦，是妳到山上，他有話跟妳說。」

「不要！不要！」

夫夫的眼裡依舊充滿恐懼。我說：「夫夫，當年只是一場意外，他並沒有害人之心。他已經說過要離開這裡，唯一不放心的是妳，只要見過妳，他就會走。妳難道不希望事情有個結束嗎？」

夫夫沒有回答。

我又繼續說：「五十年前短短一秒就改變了沙佳露絲姑婆、妳，和我給那（媽媽）的一生，妳難道希望事情永遠這樣？當年妳為了保護我給那而把她送走，現在妳更應該為了還我給那快樂的人生而去見紅眼巨人。」

夫夫還是沒有回答。

13 夫夫上山

「起床了！懶蟲！」

三天後的大清早，夫夫在我床邊大喊。我揉揉惺忪的眼睛，嘴裡嘟噥著：「幹嘛！果園不是才採收過，又那麼早叫我幹什麼！」

夫夫揮手「啪」打我的屁股：「懶蟲，太晚上山，回來會摸黑的啦！」

「上山？」一聽到這兩個字，我立刻精神百倍一咕嚕坐起身。

沒想到夫夫竟然願意上山，有時還真佩服我自己，夫夫那座超級冰山竟然也會被我融化。雖然沒有哈利波特的魔法，但我想起紅眼巨人說：我散發著身為女巫的光和熱，這種光和熱是一種能量，足以改變身邊的人事物。我不禁偷笑，他果然是慧眼識英雄，喔！不不不！是慧眼識「英雌」。不過，此時我想到另一個「英雌」——美芙，這種時候怎麼能少了她。

「夫夫，美芙可以一起去嗎？」我聲音柔軟，語氣哀求。

夫夫冷冷地說：「如果她那個夫夫阿吾嘎來（爺爺）同意的話。」

我「喔！」一聲立即拔腿就跑。

「等一下啦！」夫夫在後面喊叫。難道她後悔了？

「等我，我也一起去。我好想念沙佳露絲。」夫夫說。

我笑笑，走回夫夫身邊牽著她的手，我可以感覺她不太習慣，但沒有閃躲。我們兩走到美芙家後門，先由我探半個頭進去：「美芙——美芙——妳在家嗎？」沒有人回應，我又把嗓門拉高些：「美芙——妳聽見了嗎？」

「噓——妳要害死我呀！小聲點！」美芙突然竄出來，食指壓在嘴唇上。

「嘿！我夫夫要去見紅眼巨人，妳去不去？」

「廢話，當然去。」美芙一臉興奮。

「美芙，」夫夫說：「可不可以先讓我進去看看沙佳露絲。」

美芙點點頭，立刻把門閂拉開，她毫無猶豫動作俐落，我可以想像：她這樣做似乎很多次了，夫夫每次來偷看沙佳露絲都靠美芙幫忙和把風。

我們才在走廊就聽見沙佳露絲姑婆的歌聲：

……

我們的月呀！

我們的感情如日月般光明呀！

……

夫夫走進去，姑婆沒有抬頭，她陶醉在自己的歌聲裡，活在自己建構的世界裡。夫夫沒有叫她，只是把她的頭抱在懷裡，和她一起唱歌：

嗨咿哇啦嘿——
樹神為證呀！
祖靈為誓呀！
我們的感情生死永不渝呀！
我們的感情生死永不渝呀！

「沙佳露絲，我來看妳，妳最近好嗎？」夫夫說：「等一下我要去後山，為我五十年前的錯誤做個結束。這五十年來我一直想向妳說『對不起』，可是妳聽得懂嗎？妳會原諒我嗎？」夫夫輕輕撫摸沙佳露絲的臉，沙佳露絲面無表情，兀自唱著歌：

……

我們的山呀！

我們的河呀！

……

「她不會原諒妳，一輩子都不會！」美芙的夫夫阿吾嘎來（爺爺）突然冒出來：「妳以為說幾句對不起，我們就會原諒妳嗎？妳不但害了她，害了我們家，也背叛了女巫的職責，更有愧祖靈的教誨。妳還有臉來我家求我們的原諒？妳

給我滾！」

「卡卡阿吾嘎來（kaka a uqaljai哥哥）我不敢求你原諒啦！」夫夫說。

「我不是妳的卡卡阿吾嘎來。妳快給我滾！」

「夫夫（爺爺），事情已經到了這個地步，你恨她有用嗎？」美芙說。

「妳閉嘴！妳好大的膽子敢讓她們進來，等一下我再跟妳算帳。」美芙的夫夫阿吾嘎來瞪著她說。

「我偏要說。當年是姑婆自己要跟去的，又沒有人拿刀逼她，怎麼可以把所有責任都推給別人呢？」美芙說得抬頭挺胸。她夫夫阿吾嘎來氣得臉扭曲變形，舉起手幾乎賞她一巴掌，但他終究沒有打下去，美芙也完全沒有閃躲的念頭，兩人僵在那兒。

美芙繼續說：「我不但要說，等一下我還要跟她們去後山。紅眼巨人說的對，人們總是把自己的不幸歸罪別人，或者遇到事情總是躲避，不知解決。以前的人不就是因為不會解決事情，讓紅眼巨人橫死在森林，他的靈魂才會在死的地方徘徊不去嗎？所以真正害姑婆的不是伊娃，也不是紅眼巨人。我才不要像你們，你們一點也不像勇士。我不但見過紅眼巨人，平安無事，我還要再去一次，一定也會平安回來。我要證明：只要有準備，就算面對危險也不可怕。」美芙說的理直氣壯，哇塞！真是厲害厲害。

「夫夫（爺爺），你曾經告訴我『沙巴亞斯』的故事❶，他不就是遇到事情，不逃避、有勇氣、有智慧而圓滿解決問題的勇士嗎？你要我們學習他，自己卻做不到。夫夫（爺爺），我現在要去後山見紅眼巨人，就是在學『沙巴亞斯』！」美芙抬頭直視她的夫夫。

美芙的夫夫阿吾嘎來氣得臉紅脖子粗，他不知怎麼反駁，乾脆大手一揮：「我說不可以就不可以。」

「你是大人，總要說個道理吧！」美芙咄咄逼人。

「妳看，除了沙佳露絲，巴勒努年紀很輕就病死了！凡是接近伊娃的人都遭來惡運。」

「可是我夫夫（指奶奶）很年輕也病死啦？還有隔避村子好幾個年輕人喝到假酒死掉，難道他們跟伊娃也有關係嗎？」美芙說。

「我不跟妳說了！妳要去就去，但是我警告妳，妳要是變成沙佳露絲那樣，沒有人會理妳。」美芙的夫夫阿吾嘎來惱羞成怒，甩頭離去。

美芙知道自己贏了，趕緊拉著我和夫夫的手出門。

❶從前，沙巴亞斯和卡烏倫的兩家人因土地糾紛而有爭執，有一次兩人不期而遇。沙巴亞斯是單獨一人，卡烏倫卻是全家族的人都在，但是面對著對手人多勢眾，沙巴亞斯毫無畏懼，希望與對方坐下來和平解決問題。卡烏倫家族不但拒絕沙巴亞斯的提議，甚至想置他於死地，所幸都被聰敏的他躲過。儘管敵人蠻橫不講道理，沙巴亞斯仍然耐心與他們溝通，希望雙方和談。但對方依舊不肯，一心想殺死沙巴亞斯，沙巴亞斯迫於無奈，只好用刀石用力磨刀，發出火光，燒起熊熊火燄，卡烏倫家族見狀紛紛逃命。最後，卡烏倫家族感佩沙巴亞斯的勇氣與智慧，同時也害怕他再放火燒山便放棄土地。一場可能的流血衝突與恩怨因此而化解。（參考自達烏西拉彎・畢馬著《排灣族神話與傳說》，晨星出版社九十二年初版）

14 沒有人該孤獨過日子

一路上夫夫很少說話，有時候望著某個地方發呆，有時候又癡癡地凝視我和美芙，我知道她一定在回憶五十年前與沙佳露絲的那一趟旅程。而且，我發現夫夫不需要我們帶路，就知道去的方向，我相信那段回憶就像錄影帶倒帶般不斷地在她腦海裡重複又重複，每次重複就是一次恐懼一次痛苦，難怪她要把自己偽裝成一座冰山。我真搞不懂她，為什麼要這麼苦自己？我就算再難過，睡一覺或大哭一場就沒事了！

夫夫頭埋得低低的，越走越快，把我和美芙遠遠的拋在後面。我和美芙不得不加快腳步，追得氣喘吁吁。

「夫夫，妳慢點！」我大喊。我快不能呼吸了！我快死了！

「夫夫，妳等等我們！」夫夫沒聽見，我又大喊一次。

終於夫夫聽見，走回來讓我們在大樹下休息。我們邊喝水邊吃點東西，夫夫直盯著美芙，突然嘴角露出淺淺的笑，雖然笑容無法美化她的老臉，但這可是我來夫夫家第一次看見，頓時我覺得通體舒暢，愉快的感覺順著血液衝進胸口、腦門，就好像熱天吃冰淇淋般地爽快。

「美芙，妳長得好像沙佳露絲。」夫夫說。

「奇怪，我姑婆第一眼看見雅娜，也說她是伊娃耶！」美芙驚訝地說。

夫夫看看我又看看美芙：「很高興雅娜交到妳這個好朋友。」

美芙和我相視而笑。我說：「所以根本沒什麼惡運不惡運。說不定是紅眼巨人為了補償妳和沙佳露絲不完美的友誼，安排我和美芙再續妳們的情緣呀！」

夫夫的臉剎那間沉下來，喃喃自語：「希望這次不要出事才好。」

我們繼續往前走。這次比上次順利，大約兩個小時就到達目的地。當我們越接近空地，夫夫的表情就越古怪，我可以感覺她似乎想壓抑緊張情緒，但越壓抑，全身越僵硬，連呼吸都顯得渾濁而混亂。

四周寂靜無聲，我發現這裡和上次來時一樣，原本蟲鳴鳥叫的聲音，到了這都失去蹤影，是不是所有動物依然懼怕巨人的紅眼？

夫夫的臉開始抽搐，肩膀緊緊縮了起來，好像很冷很挫敗的樣子，一點都不像我的「鋼鐵夫夫」。五十年前的陰影還深深烙在她心底，我不希望她再被突如其來的「碰面」嚇倒，我要她有安全感，我要她先心理建設。我用手肘撞撞美芙，使一個眼色，然後扯開嗓門：「紅眼巨人，我們來了！閉上你的眼睛！紅眼巨人，我們來了！進屋去！」雖然所謂的房子根本只剩一面破牆。

我唸了一句五十年前夫夫忘記唸的句子。紅眼巨人尚未出現，夫夫已先流下眼淚。夫夫停在原地無法繼續前進，我和美芙一人牽著她一隻手，往前行。

他出現了！我把嘴悄悄貼近夫夫，用手指向石牆：「夫夫，他在那裡！」夫夫全身微微顫抖。

「放心，現在只是朦朦朧朧，等一下才會出現真的實體。就算是實體也是背面，他很善良沒有害人之心，絕不會讓妳看見紅眼。妳看，我們上次來也沒事呀！」

「妳——來——了！」低沉渾厚的聲音竄進我們腦心。

夫夫沒有回答。

「妳終於來——了！」

夫夫還是沒有回答。

「普林卡（女巫），五十年了，妳終於再度來到後山。」

夫夫的肩膀抖了幾下，她的聲音幾乎含在嘴裡，像個怯懦的女孩，我站在夫夫旁邊聽得都很吃力，我懷疑紅眼巨人是不是聽得見。夫夫說：「你要我來幹什麼？我被你害得好慘，我的好朋友發瘋、丈夫病死、與女兒孫女分隔兩地，我被族人唾棄，我一無所有，你還要我來幹什麼？」

「哎——」

「我只求你遠離我的孩子，不要再打擾她們，一切的恩怨我與你解決。」夫夫的聲音逐漸大聲。

「我從未想過要打擾她們，我只是找不到妳。妳來後，我將永遠離開這裡。」

「你要我來幹什麼？」夫夫說。

「我要說明白，當年並不是我的錯，不要恨我。」

「我——」夫夫囁嚅：「我知道是我的錯，但是當時我只是個孩子，我好怕。我眼睜睜看著好友發瘋、接著丈夫死去。我不能讓我的孩子也跟我走一樣的路啊！這五十年我沒有一天不受折磨，我已經為我的錯誤得到應有的懲罰！」夫夫淚流滿面，一滴滴豆大的淚珠順著皺紋劃過臉頰，滴落胸口。

「沙佳露絲發瘋是場意外，巴勒努生病絕不是我的詛咒，人各有命，不要把他的命運當成自己的罪惡……。至於妳的孩子，是妳伊娃，妳自己的恐懼害了她們，也害了自己。意外過去就讓它過去，自責與恐懼並不能改變已經發生的事。」紅眼巨人停頓一會兒，長嘆一聲，又說：「普林卡！我的小普林卡！我的孤獨是因為人們的恐懼，妳的孤獨卻是自己的恐懼。沒有人該孤獨的過日子，我將去我該去的地方，而妳，也該把妳的痛苦放下，讓一切回歸該去的地方。」

說完，紅眼巨人形體漸漸模糊，最後幻化成一縷輕煙消逝在森林裡。此時，我彷彿聽見小鳥鳴叫的聲音，金黃的陽光從葉間灑落。

後記：美麗的公主在我家

這個暑假實在太酷了。我寫了一封長長的信給媽媽，雖然我很討厭寫信，有很多字也不會寫，但是講電話總覺得沒辦法把事情講清楚，所以我還是硬著頭皮提筆。

沒想到幾天後媽媽就直奔屏東。我站在夫夫家門口，她連看都沒看我一眼，就當我是空氣一樣。她飛進家門，夫夫正坐在椅子上挑豆莢，媽媽蹲下去抱住夫夫，滿臉是淚，啜泣地說：「給那（媽媽），我要回家。」

夫夫的淚也跟著滑下，她沒有說話，只是用粗糙的手撫摸媽媽的臉，用力地點點頭。接下來，媽媽站起來走向我，她一樣用雙手輕撫我的臉頰，還好她的手比夫夫的柔細，我感到好舒服。媽媽輕聲地對我說：「謝謝妳！」

我想起那夜，夫夫躲在房裡唱的那首歌；我想起小時候媽媽哄我入睡時哼的那首歌：

咿——呦——嗨——
美麗的蜻蜓滿天飛，美麗的蝴蝶滿山谷
美麗的畫眉在枝頭，美麗的雲雀在跳躍
美麗的公主呀——在我家
嗨嗨呦——

感謝柔和的輕風呀！感謝滋潤的春雨呀！

…………

…………

我緊緊抱住媽媽，把頭埋在她胸懷裡。

回台北前，我和美芙又到後山一次，我們沒有再見到紅眼巨人，只有石牆邊飄落的紅葉，隨風飛舞……

《紅眼巨人》延伸閱讀

眞實的夢境，夢幻的實景

鄒敦怜

雅娜從小跟父母在都市生活，她從十歲開始，眼睛會出現紅光，家人卻不告訴她原因。有一天，因為爸爸生病了，雅娜被送回部落的外婆家，才慢慢的解開與自己有關的謎團。

原來，雅娜從外祖母開始，家族中的女性，都是「女巫」接班人，必須負起為「紅眼巨人」送食物的責任。外祖母小時候，在送食物時，帶著好朋友一起前往，沒想到卻讓朋友害怕的發瘋。從那時候開始，外祖母內心充滿了自責，她不僅逃避當女巫的責任，當她結婚之後，有了女兒，為了避免女兒也必須當女巫，她甚至忍受著思念之苦，把女兒送往外地。

剛回到山上的雅娜，起初非常不解為什麼外祖母臉上永遠沒有笑容，總是拒人於千里之外。她憑藉著對人的信任與熱情，不斷的追根究柢，努力解開祖孫三代之間的謎。故事有非常完美的結局，母親與外祖母的解開長久來的心結，外祖母也終於能坦然的面對五十年前的意外。

作者是個說故事的高手，文字中巧妙融入排灣族的族語，把排灣族的民間傳說──紅眼阿里當作主軸，運用豐富的想像力，合理的鋪陳種種的副線，勾勒出完整的故事。故事從真實的夢境開展，作者描繪從真實排灣族部落接近的場景，卻將讀者帶往作品刻畫出來的夢幻實景，讓這則民間傳說，更增添一份神祕的色彩。

閱讀思考

一、快速掃瞄

1. 這個故事裡頭，有哪些主要的角色？
2. 故事主角原本生長在哪裡？之後移居到哪裡？移居的地點，有什麼特殊的地理環境？
3. 故事中與祖孫三代有關的「時間」，分別是多長？
4. 故事中的人物，分別遇到怎樣的困境？她們面對困境的態度有什麼不同？這些不同，造成哪些不同的影響？

二、深入理解

1. 哪些描述符合「雅娜」對「夫夫」的印象？

□孤僻古怪，冷漠無情　□矮小黑壯　□年紀很大
□多話愛嘮叨　□臉上沒有表情　□高大結實
□熱情大方　□眼珠炯炯有神　□眼神散渙無精打采

2. 雅娜眼睛會出現的紅光，哪些描述符合這種現象？
□她的媽媽小時候也會這樣
□媽媽很關心雅娜出現紅光的情形
□雅娜從小眼睛就會出現紅光
□雅娜從十歲開始，眼睛的紅光才出現
□回到山上，眼睛紅光的狀況減輕
□回到山上，眼睛紅光的狀況變得嚴重

3. 美芙帶著雅娜看樹幹上女孩牽手的雕刻圖，這幅圖有什麼意義？從故事中找出相關的句子寫出來。

4. 雅娜不斷重複的夢境，是怎樣的內容？這個夢在故事中，有怎樣的作用？

5. 「紅眼巨人」是什麼模樣？雅娜和美芙是否真的看到了「紅眼巨人」？

6. 雅娜認為「夫夫」和紅眼巨人有什麼樣的關係？從故事中找出兩個相關的描述。

7. 「夫夫」為什麼把雅娜的媽媽送走？她曾後悔自己的決定嗎？從故事中找出相關的描述說一說。

8. 故事最後，媽媽為什麼要跟雅娜說謝謝？雅娜的行動，改變了什麼？

三、閱讀活動

1. 排列下面故事情節發生的順序

□雅娜在雜貨店認識了美芙

□夫夫跟著雅娜、美芙一起到後山找紅眼巨人

□美芙帶著雅娜研究大樹樹幹上的圖案

□雅娜和美芙到後山找紅眼巨人

□美芙帶雅娜去看姑婆

□雅娜的媽媽，回到夫夫身邊

□美芙告訴雅娜關於姑婆發瘋的故事

□雅娜眼睛出現紅光的情形，變得嚴重

□紅眼巨人請雅娜把伊娃（雅娜的夫夫）帶到他的面前

□雅娜被媽媽送回屏東夫夫家

2. 從故事中，找出下面詞語出現的段落，想一想這些詞語在故事中有什麼重要性。

九二一大地震	十歲	五十年
樹神	後山	紅光
女巫	紅眼巨人	午夜十二點整

九歌少兒書房 142

紅眼巨人

著者	彭素華
繪者	江正一
發行人	蔡文甫
出版發行	九歌出版社有限公司 台北市105八德路3段12巷57弄40號 電話／02-25776564・傳真／02-25789205 郵政劃撥／0112295-1
九歌文學網	www.chiuko.com.tw
印刷	崇寶彩藝印刷有限公司
法律顧問	龍躍天律師・蕭雄淋律師・董安丹律師
初版	2005（民國94）年1月10日
增訂新版	2012（民國101）年7月
定價	**220元**

書號	0170137
ISBN	978-957-444-836-4

（缺頁、破損或裝訂錯誤，請寄回本公司更換）

國家圖書館出版品預行編目資料

紅眼巨人 / 彭素華著. 江正一圖 －增訂新版. --
臺北市：九歌, 民101.07

面； 公分. -- (九歌少兒書房 ; 142)

ISBN 978-957-444-836-4 (平裝)

859.6 101010531